Als Kind konnte Klara fliegen, ein unbeschreibliches Gefühl! Sie löste sich vom Boden, die Wiese entfernte sich unter ihren Füßen, sie flog dem Himmel entgegen - „du bist plötzlich hingefallen, einfach umgefallen wie ein Brett!", sagte ihre Mutter vorwurfsvoll, als sie wieder zu sich kam. Etwas so Schönes wie das Fliegen hatte sie noch nie erlebt, aber sie erzählte wohl besser niemandem davon, auch nicht vom Waldmädchen, mit dem sie drei Tage in der Wildnis verbrachte. Oder hat sie sich das alles nur eingebildet?

Nun liegt sie in dieser Klinik, sie ist kein Kind mehr, sondern alt, wie alt genau, daran erinnert sie sich nicht, auch nicht, wie sie hier her gekommen ist. „Du hattest einen Schlaganfall", sagt ihre Tochter Charlotte und macht dabei ihr tragisches Gesicht. Aber sie glaubt nicht an diese Diagnose, denn in ihrem Kopf funktioniert alles einwandfrei. Auch sprechen kann sie, aber das behält sie vorerst noch für sich. Im Bett nebenan liegt Karla, deren Familiendrama sich in Hörweite abspielt, und dann ist da noch Amanda, die Krankenschwester. Sie ahnt, dass Klara ein bisschen simuliert. Dann muss sich Karla gegen eine Familienintrige zur Wehr setzen und braucht Klaras Hilfe.

Sabine Brandenburg-Frank, 1957 in Pforzheim geboren, machte nach dem Abitur eine Goldschmiedelehre und studierte Schmuckdesign und Literaturwissenschaft in Düsseldorf. Nach ihrer Promotion begann sie Romane zu schreiben. Sie lebt mit ihrem Mann als freie Designerin, Autorin und Winzerin in Staufen bei Freiburg.

Sabine Brandenburg

Waldmädchen

Roman

Bibliografische Information der Deutschen Nationalbibliothek: Die Deutsche Nationalbibliothek verzeichnet diese Publikation in der deutschen Nationalbibliografie; detaillierte bibliografische Informationen sind im Internet unter http://dnb.dnb.de abrufbar.

© 2020 Sabine Brandenburg-Frank
Herstellung und Verlag:
BoD – Books on Demand, Norderstedt

ISBN: 9783752645606

„... so jung, dass man mit ihr über die Unsterblichkeit sprechen konnte."

Cees Nooteboom, Die folgende Geschichte

Für Egon

Fliegen

Ich bin nie gerne früh aufgestanden, aber heute ist so ein Tag - vier Uhr morgens. Obwohl ich ihn nicht mehr brauche, steht ein Wecker auf meinem Nachttisch und zeigt bürokratisch korrekt die Zeit an. Das Fenster ist ein graues Rechteck, aus der Dunkelheit des Zimmers herausgeschnitten.

Zartes Fiepen draußen, der erste Vogel. Ich weiß nicht mehr, welche Vogelart morgens zuerst den Schnabel aufsperrt, um Langschläfern wie mir das Leben schwer zu machen: Hausrotschwanz, Amsel, Singdrossel, Rotkehlchen. Mein Vater hätte es gewusst, er war ein wandelndes Lexikon für alles, was mit Natur zu tun hat, und nicht nur dafür - egal, morgens um vier ist Vogelgezwitscher für Menschen wie mich nichts weiter als traumaustreibender Lärm. Aber heute höre ich es gern.

Ich lausche der kleinen Stimme, die gerade jetzt, in diesem Moment, das Singen neu erfindet. Manchmal wird sie rau wie Sandpapier, das immer neue klare, seidenglatte Töne herausschleift. Der Vogel kann nicht ahnen, welche Endorphine durch seinen Gesang in einem einsamen menschlichen Gehirn ausgeschüttet werden, er singt, weil er muss, weil sein genetischer Code ihm vorschreibt, auf diese Art sein Revier zu verteidigen und sein Weibchen bei Laune zu halten. Er verfolgt also ganz und gar eigennützige Interessen, während er mir so nebenbei die Tränen in die Augen treibt.

Dann kommen noch andere Stimmen dazu, versuchen sich gegenseitig zu übertönen, ein wildes Durcheinander aus unterschiedlichen Melodien, und trotzdem harmonisch. Das Grau im Rechteck gewinnt Konturen, Silhouetten von Bäumen zeichnen sich ab. Der Himmel mag sich noch nicht zwischen Grau und Blau

7

entscheiden, aber ich weiß, es wird ein warmer, sonniger Junitag werden. Ein Tag, um in den Süden zu fahren!

Meine Tasche ist schnell gepackt. Was nimmt man mit in den Sommerurlaub, wenn man allein unterwegs ist und nicht vorhat, abends groß auszugehen? Jeans, T-Shirt, Badeanzug, einen Pullover (im Juni kann der Mistral noch unangenehm werden), Sandalen, ein Paar Wanderschuhe.

Inzwischen ist es fünf Ubr, noch zu früh für den Berufsverkehr - oder ist nicht überhaupt Wochenende? Seit ich im vorzeitigen Ruhestand lebe, ist mir das Gefühl für die Wochentage abhanden gekommen. Es gibt keinen großen Unterschied mehr zwischen Werktagen und Sonntagen, abgesehen vom Fernsehprogramm. Schnell einen Kaffee bevor ich losfahre. Im fahlen Frühlicht durchquere ich die Stadt, Häuser dösen in stumpfen Grautönen vor sich hin, in den Schlafzimmern schälen sich die Leute aus ihren warmen Betten - es ist Montag, fällt mir ein - Haustüren spucken Fußgänger aus, die noch mit ihren Träumen beschäftigt sind, das eine oder andere Auto ist schon unterwegs. All die unfreiwilligen Frühaufsteher tun mir leid. Ich habe es besser, ich bin zu meinem Vergnügen unterwegs.

Der Autobahnzubringer ist leer. Ich halte das vorgeschriebene Tempo ein, bis ich den Starenkasten passiert habe, dann gebe ich etwas mehr Gas wegen dem Achterbahngefühl in der leicht ansteigenden Kurve der Einfahrt. Früher war die Kurve noch enger. Eingerahmt von mit Moos bewachsenen Sandsteinbrocken, rötlichen Stämmen alter Fichten und hellgrünen Farnwedeln - jedes Mal, wenn wir in den Urlaub aufbrachen, träumte ich mich an dieser Stelle in einen Märchenwald hinein, während ich versuchte, das Gezappel und Gequassel meines kleinen Bruders Christoph neben mir zu ignorieren. Ein Däumling kletterte auf Steine und Moospolster und winkte mir zum Abschied, wenn ich ihn schließlich im Schatten des letzten Baumes zurücklassen musste. Später wurde die Kurve ausgebaut, die Bäume gefällt und eine ordentliche kahle Böschung aufgeschüttet.

Auf der Autobahn ist noch nicht viel Verkehr, nur ein paar Lastwagenfahrer sind nach der Sonntagspause schon in aller Frühe aufgebrochen. Schräg hinter mir geht die Sonne auf, ihre Strahlen werden von den Baumwipfeln gespalten, wie scharfe Messer stechen sie in den Dunst über den Wiesen. Im Rheintal hängt Nebel, dunkle Häuserblocks ragen daraus hervor. Für eine Weile taucht mein Wagen in den Schatten ein.

Wenn wir früh am Morgen aufgebrochen waren, war Christoph an dieser Stelle endlich eingeschlafen. Im Auto herrschte Stille, wenn man vom Motorgeräusch absah, das sich um meine Gedanken legte oder mein Buch untermalte. Meistens kamen wir nur bis zum Schwarzwald oder höchstens einmal in die Schweiz. Aber einmal fuhren wir immer weite und weiter, bis die Straße am Rand der Welt, da, wo das Meer anfängt, zu Ende war.

Am Grenzübergang Mulhouse verrotten die Zollgebäude, es gibt keine Grenze mehr. Aber an den Straßenschildern merke ich, dass ich in einem anderen Land bin. Ich spreche nicht besonders gut Französisch und fühle mich gleich ein bisschen fremd, aber ich will mich auch nicht unterhalten, nur durchfahren, schauen, ein paar Tage irgendwo bleiben, freundlich ein paar Worte mit Unbekannten wechseln, und ansonsten meine Ruhe haben. Eine Baustelle beengt die Fahrstreifen, der Berufsverkehr staut sich, ich werde ungeduldig, will weiterkommen. In Belfort mache ich Halt und sehe mir die Festung an. Das war auch damals unsere erste Station. Vater brauchte Kaffee und etwas Bewegung in frischer Luft. Wir kletterten auf den Befestigungsanlagen unter der Zitadelle herum, ließen die Beine über die Mauern baumeln und legten uns ins Gras. Die Sonne schien heißer als zuhause, so kam es mir jedenfalls vor, schließlich waren wir drei Stunden in südlicher Richtung gefahren. Als wir weiter wollten, war Vater eingeschlafen. Mutter legte ihm ihr Taschentuch übers Gesicht, wir schlichen uns davon und stiegen zur Zitadelle hinauf. Von einer Aussichtsterrasse konnte man über die Stadt sehen, graue Schieferdächer, eingebettet in Grün. Plötzlich war Christoph weg. Wir riefen nach ihm, gingen dann langsam den Weg zurück, den wir gekommen waren. Mutter sprach auf Französisch eine Frau an, die uns entgegenkam, aber sie schüttelte bedauernd den Kopf. „Das gibt's doch nicht, er kann doch nicht so einfach verschwinden!" Noch war ihr Gesicht fröhlich, sie schien keine Angst zu haben, sicher hatte er sich irgendwo versteckt. Wir durchkämmten das Gelände, immer wieder rufend und Passanten befragend. Mutter hatte mir eingeschärft, was ich auf Französisch fragen sollte, aber meine Aussprache ließ wohl zu wünschen übrig, denn die Leute sahen mich nur verständnislos an und zuckten die Achseln. Vater lag immer noch schlafend in der Sonne. Er hatte sich zur Seite gedreht, das Taschentuch war von seinem Gesicht gerutscht. Schließlich beschlossen wir ihn zu wecken. „Verschwunden? Was soll das heißen?" Es dauerte eine Weile, bis er verstand. „Ach was, der wird gleich wieder auftauchen." Schließlich fanden wir ihn in einer Mauerluke, wo er sich versteckt und auf uns gewartet hatte, um uns zu erschrecken. Aber dann war er ein Stück weit abgerutscht und aus seinem Versteck nicht mehr herausgekommen. Vater nahm den verheulten Jungen in den Arm. Er schimpfte ihn nicht aus, und ich fragte

10

mich wieder einmal, warum meine Eltern unbedingt noch ein zweites Kind hatten haben wollen wo sie doch mich hatten.

Hinter Belfort war die Landschaft wilder und einsamer. Christoph, der mich sonst mit Fragen löcherte, sah unverwandt aus dem Fenster, ich hatte ganz vergessen, dass mein Buch neben mir lag und die spannendste Stelle auf mich wartete. Das gleichmäßige Vorwärtskommen zu einem unbekannten Ziel, begleitet vom monotonen Geräusch des Motors, all das machte uns schläfrig und aufmerksam zugleich und versetzte uns in erwartungsvolle Müdigkeit.

In Beaune ist Mittag. Die Sonne steht hoch, ich überlege, mir einen Sonnenhut zu kaufen, lasse es dann aber und bleibe im Schatten. Die Straßen sind voller Menschen, sie sitzen an kleinen Tischen vor den Bistros, flanieren an den Schaufenstern vorbei oder stehen in Grüppchen zusammen und unterhalten sich. Vor mir geht ein junges Paar. Sie trägt ein blaues Kleid mit weißen Blüten, genauso blau und weiß wie der Himmel. Ihr Rocksaum schwingt im Rhythmus ihrer Schritte, ein breiter weißer Gürtel betonte die schmale Taille. Genau das gleiche Kleid trug Mutter, als wir damals in Beaune waren. Ich hatte es noch nie gesehen, sie hatte es wohl extra für den Urlaub gekauft. Vater legte seinen Arm um sie und gab ihr einen Kuss, während Christoph mich mit dem Ellenbogen in die Seite boxte und hinter vorgehaltener Hand kicherte. Ich hatte unsere Eltern noch nie so unbeschwert gesehen. Mama sah aus wie ein junges Mädchen.

In Lyon brauchten wir eine Stunde, bis wir uns durchgefragt hatten. Heute umfährt man die Stadt in einem weiten Bogen. Ich halte mich in Richtung Marseille, ein paar Abzweige, dann habe ich das Autobahngewirr hinter mir. Mehrmals überquere ich die Rhone und

11

staune wie immer über die intensiv blaue Farbe des Wassers. „Die Farbe von geschmolzenem Eis", hatte Vater gesagt und uns erklärt, dass die Rhone hoch oben in den Bergen entspringt.

Jetzt wird die Landschaft kantiger, kontrastreicher, die Schatten tiefer, das Licht erbarmungsloser. Bäume wachsen hier, deren Namen wir Kinder nicht kannten, „Zeder, Zypresse, Mimose, Maulbeerbaum" - Vater deklamierte es wie eine Beschwörungsformel, mit der man Wesen aus einer anderen Welt herbeirufen kann.

Die Namen der Städte, durch die wir fuhren, schmeckten nach Süßigkeiten: Valence, Montelimar, Orange, Avignon. Die Sonne war gesunken und stand wie eine reife Orange über dem Horizont. Vor Marseille bogen wir nach Osten ab, hinter der Steilküste lag das Meer. Christoph und ich sahen es zum ersten Mal. Eine dunstige blaue Fläche, die in den Himmel überging. Es schien, als wäre die Welt dort hinter der zackigen, wie aus schwarzem Papier ausgeschnittenen Felskante zu Ende.

Ich höre Geräusche auf dem Flur, es ist jetzt sechs Uhr morgens - wie viel Zeit doch in zwei Stunden Platz hat. Unerbittlich beginnt der Stationsalltag, aber ich will die Reise noch nicht abbrechen, nur noch ein paar Minuten, bevor ich wieder in die Gegenwart zurück muss. Ich schließe die Augen, drehe mich auf die Seite. Immer noch sind Vogelstimmen zu hören, Spätaufsteher. Das Schwarzkehlchen ist nicht darunter. Es lebt viel weiter südlich, ich habe es zum ersten Mal in Vaison La Romain gehört und fragte Vater nach dem Namen des Sängers, während wir durch die Reste römischer Wohnhäuser streiften. Die Menschen, die hier gelebt hatten, kannten wohl auch den Gesang dieses kleinen Vogels, hörten ihn, wenn sie im weitläufigen Garten vor dem Badehaus die neuesten Nachrichten aus den römischen Provinzen austauschten oder an der Ladenstraße die Türen ihrer kleinen Geschäfte öffneten und die hölzernen Verkaufstische davor aufstellten - die Rinnen in den Steinplatten vor den Häusern, wo die Halterungen einrasteten, kann man heute noch sehen. Warum wünschte ich mir, diese Leute kennenzulernen, die schon seit zweitausend Jahren tot waren? Wahrscheinlich waren sie nicht anders gewesen als wir, aber in die Vergangenheit zu blicken war wie die Aussicht von einem Berggipfel hinüber zu einem anderen. Ein paar Dinge sind deutlich zu erkennen, andere bleiben verschwommen, und obwohl man weiß, dass es dort drüben im Grunde ganz genauso aussieht wie hier an dem Platz wo man steht, wünscht man sich hinüber. In Vaison La Romain zeigte mir mein Vater einen Segelfalter, als wir eine Weile auf einer umgestürzten Säule saßen und uns unterhielten. Wie in Zeitlupe klappte er auf der warmen Rinde einer Kiefer seine weißen, schwarz gebänderten Flügel mit dem gelb und blau umrandeten Schwalbenschwanz auf und zu. Wenn ich allein mit Vater war, konnte ich nicht aufhören, ihn auszufragen. Er war nie belehrend oder herablassend, im Gegenteil, er besaß die Gabe, sein Wissen so zu vermitteln, dass man meinte, man wäre selbst darauf gekommen. „Du ziehst mir ja die Würmer aus der Nase!", beschwerte er sich manchmal, wenn ich kein Ende fand, ihn mit Fragen zu löchern. Aber er freute sich, denn sonst interessierte sich niemand für seine Liebhabereien - die Schmetterlingssammlung, die Geschichtsbücher und Atlanten, den Himmelsglobus und die Weltkarten, die Mineralien und Versteinerungen, mit denen sein Zimmer voll gestopft war. Dieses gegen alle familiären Ansprüche hartnäckig verteidigte Reich, in das auch ich nur selten eingelassen wurde.

Wir vergaßen die Zeit auf unserer römischen Säule. Der Schmetterling flog davon, seine Flügel machten ein schabendes Geräusch, als wären sie schlecht geölt, und Vater lief über die wackligen Steinstufen vom Tempelbereich zum Parkplatz hinunter, wo unser Auto in der prallen Sonne stand. Sicher war wieder etwas mit Christoph, entweder hatte er Hunger oder Durst oder er musste aufs Klo.

An der Küste fanden wir einen Campingplatz bei La Ciotat, mit Blick auf den Hafen und den zackigen Felsen, der sich wie der Rücken eines Meerdrachens ins Wasser hinausschob. Unter den Pinien war es fast schon dunkel und wir versuchten, unsere kleine „Hundehütte", so nannte Vater unser Pfadfinderzelt, das sich neben den Wohnwagen und großen Familienzelten bescheiden ausnahm - beim Schein einer Taschenlampe aufzubauen. Nach einer Stunde hatten wir es geschafft, bewunderten unser Werk und setzten uns heißhungrig auf die Terrasse des kleinen Restaurants, das zum Campingplatz gehörte. Später pumpten wir die Luftmatratzen auf und verkrochen uns ins Zelt, in dem wir gerade Platz hatten, wenn wir dicht an dicht lagen, Christoph quer zu unseren Füßen, die Taschen mit unseren Kleidern in dem Halbrund am Kopfende. So nah wie in der stickigen Wärme des Zeltes waren wir noch nie beisammen gewesen, wo man jedes Geräusch des anderen hörte und angestoßen wurde, wenn jemand sich umdrehte. Aber keiner von uns empfand es als störend. Wenn ich im Lauf der Nacht wach wurde und für einen Moment nicht wusste, wo ich war, fühlte ich mich geborgen beim Anblick der atmenden Körper neben mir.

In einer Nacht regnete es stark, wir wachten auf. Vater knipste die Taschenlampe an und wir lauschten dem Rauschen und Klopfen des Wassers auf der Zeltplane. Vielleicht hatten sich unsere Vorfahren vor Jahrtausenden ähnlich gefühlt, wenn sie in ihren selbstgebauten Hütten vor dem Regen sicher waren und einander wärmten. Am folgenden Tag war der Himmel bewölkt und wir sahen uns den Ort an, bummelten die Strandpromenade entlang, vor der die Bootsstege mit den kleinen Segelbooten ins Wasser ragten. Ich lauschte auf das Plätschern und Knirschen, wenn der Wind die Bootskörper hin und her schaukelte und sich in ihrer Takelage verfing, schloss die Augen, hörte das Lachen von Kindern und die Möwenrufe von hoch oben. Das brackige Wasser roch nach Tang, Teer und toten Fischen. „Wo bleibst du denn, Klara, wir wollen weiter!"

Zum Campingplatz gehörte ein Stück Strand, man konnte für wenig Geld Liegestühle und Sonnenschirme mieten. Hier logierten nur französische Familien. Wir freundeten uns mit einigen Kindern an und versuchten unsere neu erworbenen Sprachkenntnisse. Nach ein paar Tagen verloren wir das Zeitgefühl. Es schien, als wären wir schon wochenlang hier. Unsere Haut wurde braun und roch nach Salz und Sonne. Ab und zu las ich in meinem Buch weiter, aber meistens lag es unbeachtet auf dem Liegestuhl. Wir wurden allmählich zu Meereslebewesen, lagen stundenlang mit Taucherbrille und Schnorchel auf dem Wasser und betrachtete die Welt dort unten, in die unsere Arme und Beine hinab hingen. Über dem Grund aus geriffeltem Sand schwebten kleine flinke Fische.

Als ich eines Vormittags aus dem Wasser kam, passierte es mir wieder. Ich verlor den Boden unter den Füßen. Jetzt wird mir bewusst, dass ich nie mehr daran gedacht habe. Diese Erlebnisse waren aus meinem Gedächtnis gelöscht. Damals hatte ich Angst, dass ich nicht normal bin. Kein Mensch kann aus seinem Körper herausschlüpfen und davonfliegen, während er ohnmächtig am Boden liegt.

Zum ersten Mal geschah es während eines Spaziergangs mitten auf einer Wiese mit blühenden Obstbäumen im Frühling. Ich kam erst wieder zu mir, als Vater mich an den Schultern packte und mich schüttelte, bis meine Zähne auf einander schlugen. „Du bist plötzlich hinge-fallen, einfach umgefallen wie ein Brett und am Boden gelegen, ganz steif mit verdrehten Augen!", sagte Mut-ter, als hätte ich es nur getan, um sie zu ärgern. Aber sie war ganz blass im Gesicht, und ihre Stimme klang komisch. Ich hatte nicht mitbekommen, dass ich hinge-fallen war, nein, ganz im Gegenteil, ich konnte plötzlich fliegen! Während ich über die Wiese rannte, den Geruch von Gras und feuchter Erde in der Nase, und irgendwo einen Kuckuck rufen hörte, war ich auf einmal abgeho-ben. Ein unbeschreibliches Gefühl! Ich war leichter als Luft und löste mich vom Boden. Die Wiese entfernte sich unter meinen Füßen, die Bäume wichen auseinander, als ob sich die Erdoberfläche zusammen-krümme. Ich schwebte auf den blauen Himmel zu, das Blau wurde dunkler, je näher ich dem Himmel kam, die Sonne schien immer greller daraus hervor, zuletzt war der Himmel ganz schwarz und mir wurde schwarz vor Augen.

Aber etwas so Schönes wie das Fliegen hatte ich noch nie erlebt! Ich wollte meinen Eltern unbedingt davon erzählen, während sie sich bemühten, mich wieder auf die Beine zu stellen. Doch es gab keine passenden Worte dafür, und meine Eltern wollten es wohl auch gar nicht hören, also behielt ich es für mich. Sie brachten mich ins Krankenhaus, in dem ich drei Tage bleiben und alle möglichen Untersuchungen über mich ergehen lassen musste. Ein freundlicher Arzt stellte mir Fragen, deren Sinn ich nicht verstand und schrieb mit ernster Miene alles auf, was ich antwortete. Dann durfte ich wieder nach Hause. In der Schule sollte ich etwas von

Blinddarmentzündung erzählen. Ein paar Wochen musste ich Tabletten schlucken, von denen ich müde wurde. Dann schien der Arzt der Meinung zu sein, dass ich wieder gesund war. Was ich erlebt hatte, blieb mein Geheimnis. Das, was wirklich geschehen war, während die anderen dachten, ich sei ohnmächtig geworden - ich konnte es niemandem erzählen. Niemand hätte es mir geglaubt, sie hätten mich für verrückt gehalten. Aber insgeheim fühlte ich mich als jemand Besonderes, weil ich Dinge erlebte, von denen die Anderen keine Ahnung hatten. Wenn es mir schlecht ging, holte ich diese Erinnerung wieder heraus, das Glücksgefühl, als meine Füße sich vom Boden lösten.

Und nun war es also wieder passiert! Als ich aufwachte, knieten meine Eltern neben mir im Sand. Vater hatte mich in den Schatten getragen und auf einen Liegestuhl gelegt, Mutter kühlte mit einem nassen Handtuch meine Stirn. Ich war übers Meer geflogen, die schimmernde Wasserfläche unter mir war ein in allen Blautönen leuchtendes Glasfenster, durch das eine verborgene Welt hindurchschien, und dieses Mal kam es mir so vor, als wolle mir jemand das alles zeigen. Dann wurde das Blau dunkler und sog sich mit Schwarz voll.

Zuhause machte der freundliche Arzt wieder sein besorgtes Gesicht und meinte, es könne auch mit der Pubertät zusammenhängen, in die ich wohl etwas zu früh einträte. Er verschrieb mir ein anderes Medikament, das mich weniger müde machte, und ich behielt auch diesen Himmelsflug für mich.

Pflegestation

Die Tür geht auf, Schwester Amanda kommt mit dem Frühstück herein. Amanda, was für ein Name! Aber ich liebe sie, die beleibte Russin mit den blond gefärbten Haaren und viel zu rot geschminkten Lippen. „Morgen Kinder, gut geschlafen?", ruft sie in den Raum. „Tag wird schön, Sonne!" Sie öffnet die Balkontür und lässt den Duft von frisch gemähtem Gras herein. Meine Nachbarin, die achtzigjährige Karla, liegt mit offenen Augen da und starrt ins Leere. Sie ist manchmal völlig abwesend und kaum in der Lage, sich koordiniert zu bewegen. Aber sie hat auch lichte Momente, vor allem, wenn ihre Enkelin Sarah sie besucht. Dann sitzt sie aufrecht im Bett, frisch gekämmt, und gibt passende Antworten. Während Amanda versucht, der apathischen Karla Fruchtsaft einzuflößen, stellt die Schwesternhelferin das Frühstückstablett auf meinen Nachttisch, richtet meine Rückenlehne auf und schiebt mir einen Löffel Joghurt in den Mund. Ich schlucke brav.
Als ich in die Pflegestation kam, war ich nicht in der Lage, selbständig zu essen. Ich lebte in einer Art Dämmerzustand, an den ich kaum eine Erinnerung habe. Ich weiß weder wie lange er dauerte, noch was in dieser Zeit in mir vorging - all das ist aus meinem Kopf verschwunden. Woran ich mich als Erstes wieder erinnern kann, ist - dass ich mich erinnerte. Plötzlich war ein Bild in meinem Kopf, dann schlossen sich andere an. Es war wie ein Film, der in mir ablief. Ein Film, der ein kleines Mädchen zeigte, das über eine Wiese lief. Ich roch den Duft von frischem feuchtem Gras, hörte meinen Vater nach mir rufen - und plötzlich wurde mir bewusst, dass etwas aus der Vergangenheit in mein leeres Gehirn zurückkehrte. Von da an übte ich mich im Erinnern und verzweifelte, wenn trotz aller Anstrengung

nichts auftauchte Aber plötzlich, wenn ich an nichts mehr dachte, war wieder ein Stück meines Lebens da. So setze ich mich Stück für Stück wieder zusammen, bis ich vielleicht irgendwann wieder weiß, wer ich bin. „Du hattest einen Schlaganfall", sagt meine Tochter Charlotte und macht dabei ihr tragisches Gesicht. Aus ihren bruchstückhaften Berichten schließe ich, dass sie mich eines Morgens bewusstlos im Flur meiner Wohnung fand. Ich hatte eine Verletzung an der Stirn, weil ich beim Hinfallen an der Kante der Kommode aufgekommen war - die Stelle tut noch weh. Der Notarzt brachte mich in die Klinik mit der Diagnose Schlaganfall. Ich glaube das nicht, denn in meinem Kopf funktioniert alles einwandfrei. Zum Beispiel die Sprache, das Gespräch der Seele mit sich selbst - aber ob meine Stimme noch funktioniert, habe ich bis jetzt nicht ausprobiert. Aus irgendeinem Grund habe ich Angst davor. Vielleicht, weil ich feststellen müsste, dass es nicht geht. Vielleicht aber auch - und das ist der wahre Grund - weil ich dann nicht mehr ungestört bin, sondern antworten muss, wenn jemand mit mir spricht. Ich nehme mir noch eine Weile Urlaub vom Sprechen. Ich will noch nicht Rede und Antwort stehen. Essen könnte ich wohl wieder selbst. Hände und Finger bewegen und Dinge festhalten, das geht ohne Probleme, ich übe es jeden Tag, aber es bleibt vorerst noch mein Geheimnis. Wenn Karla ihre wachen Phasen hat, merkt sie natürlich, wenn ich mich im Bett aufrichte, um ein bisschen Gymnastik mit Händen und Armen zu treiben oder aus dem Fenster zu schauen. Ich lächle sie an und lege den Finger auf die Lippen. Sie nickt. „Versprochen!" Sobald sie hier merken, dass ich allein zurechtkomme, schicken sie mich nach Hause - und das möchte ich noch nicht. Also lasse ich mich von der netten Schwesternhelferin füttern, obwohl es nicht einfach ist, so zu tun, als sei man völlig hilflos, wenn man es nicht ist. Vor allem beim Waschen. Es tut mir leid, dass das Mädchen sich mit mir abschleppen muss, mir in den Rollstuhl hilft. Ob ich wieder gehen könnte, weiß ich nicht. Zu groß ist meine Angst, dass ich bei dem Versuch ohne Hilfe aus dem Bett zu steigen, hinfallen könnte und zugeben müsste, dass ich allen etwas vorspiele. Das Mädchen schiebt mich ins Bad und reibt mit dem Waschlappen meinen Körper ab. Gebadet wird einmal die Woche. Das macht Amanda zusammen mit einem kräftigen Pfleger. Anfangs habe ich mich geschämt vor dem jungen Mann, aber inzwischen ist mir das egal. Nach dem Waschen schiebt Amanda meinen Rollstuhl auf den Balkon. „Frische Luft tut gut." Sie arretiert die Räder. „Denke, Sie wollen gern allein sein, lieber, als im Gemeinschaftsraum. Schaue in einer Stunde wieder vorbei."

Sie lächelt mich an, und ich muss mich beherrschen, damit ich nicht aus Versehen etwas zu ihr sage, sondern nur zurücklächle und ihr durch meinen Blick zu verstehen gebe, wie dankbar ich ihr bin. Manchmal erschrecke ich fast, so gut versteht mich Amanda, obwohl ich noch nie ein Wort mit ihr gesprochen habe. Amanda öffnet die Tür und verschwindet mit Karla in Richtung Gemeinschaftsraum. Gemeinschaftsraum! Wie ich das Wort schon hasse! Als ob es irgendeine Gemeinschaft zwischen den Leuten gäbe, die dort herumsitzen und die Zeit totschlagen. Sie sitzen an abgestoßenen Resopaltischen, trinken Automatenkaffee, blättern in alten Zeitschriften oder unterhalten sich. Wenn sie nicht über die Schwestern und Pfleger lästern, erzählen sie einander Wunderdinge aus ihrer Vergangenheit und von ihren Enkelkindern. Ich habe nie begriffen, warum man das Zusammensein mit Menschen für erstrebenswert halten sollte. In Wirklichkeit gibt es nichts Schwierigeres, als jemanden zu finden, mit dem man sich auch nur einigermaßen versteht. Ansonsten ist es doch einfach nur Quälerei.

Für mich sind die Zwangsaufenthalte im Gemeinschaftsraum ein weiterer Grund, das Sprechen zu verweigern, so brauche ich mich mit niemandem zu unterhalten. Es bedeutet eine Höchstleistung an Konzentration, mit geschlossenen Augen alle Geräusche auszublenden und in die Innenwelt abzutauchen. Aber zum Glück habe ich das schon früher beherrscht, in der Schule zum Beispiel. Der Unterricht konnte mich nicht ernsthaft stören, wenn ich gerade einem begeisterten Publikum aus meinem ersten Bestseller vorlas. Sich in die Phantasie davonzumachen, damit man die tägliche Langeweile übersteht, ist nicht das Schlechteste, was man in der Schule lernen kann. Aber heute bleibt es mir erspart, diese Fähigkeit zum Einsatz zu bringen, dank Amandas bewundernswerter Einfühlungsgabe. Der Balkon ist das reinste Paradies! Sobald ich allein bin, löse ich die Arretierung und lasse mich zur Balkonbrüstung rollen. Ich blicke in einen weiten Park mit riesigen, alten Bäumen - Robinie, Tulpenbaum, Platane, Rotbuche. Die Klinik ist, so weit ich es herausfinden konnte, ein dreiflügeliges Gebäude. Mein Zimmer befindet sich im Westflügel, erster Stock, Blick nach Süd-Westen. Unten fährt jemand mit dem Rasenmäher hin und her, der Duft von frisch gemähtem Gras verwandelt sich in ein Bild, meine Mutter, die mit dem Rasenmäher vor unserem Haus auf und ab geht, den vollen Sack mit Abgemähtem auf dem Kompost ausschüttet und suchend umherschaut, weil sie jemanden braucht, der mit der Gartenschere die Ränder der Beete und den Plattenweg freischneidet. Genauer gesagt, sie sucht mich. Aber ich habe mich in mein Zimmer unter dem Dach zurückgezogen und sehe ihr

21

von ganz weit oben zu. Als ihr Blick an der Dachgaupe ankommt, ziehe ich schnell den Kopf zurück. Sie schüttelt den ihren, weil ihre faule Tochter mal wieder unauffindbar ist, wenn es was zu arbeiten gibt, hängt den Fangsack wieder an den Mäher und wandert weiter. Aber noch etwas anderes rieche ich, schiebe den Rollstuhl dichter an das Geländer und ziehe mich daran hoch, um hinunter zu sehen: Heckenrosen in voller Blüte. Der Heckenrosenduft gehörte zu meinem Schulweg. Sie säumten eine Staffel, an der sich alle Kinder trafen, die zu Fuß aus der oberen Stadt kamen, wer weiter weg wohnte, stieg hier aus dem Bus. Wir rannten und sprangen und schubsten uns die Treppenstufen runter, als wäre ein Sack Bälle ausgeschüttet worden, und atmeten diesen Duft, den wir kaum wahrnahmen, der sich aber trotzdem in unserem Stammhirn einnistete und darauf wartete, bei Gelegenheit die Treppe und die Rosenhecke und das Gefühl, sieben Jahre alt zu sein, wieder aufblühen zu lassen.

Wie versprochen kommt Amanda nach einer Stunde wieder und sieht mich an der Balkonbrüstung stehen. „Arretierung kaputt?" murmelt sie verwundert und schiebt mich ins Zimmer. „Tochter ist da, spricht noch mit Doktor. Ich bringe Mittagessen, sie kann dann füttern." Ich mag es nicht, wenn meine Tochter mich füttert, mein schlechtes Gewissen ist dann noch viel größer als bei den Pflegerinnen. Amanda fängt meinen Blick auf. „Keine Widerrede!", raunzt sie, während sie mich am Tisch vor dem Fenster abstellt und den Fußhebel der Arretierung herunterdrückt. Dann stutzt sie. „Funktioniert doch! Komisch." Kopfschüttelnd geht sie aus dem Zimmer. Ach Amanda, ich fürchte, ich bin für dich ein offenes Buch! Ein paar Minuten bleiben mir noch, bis meine Tochter hereinkommt.

Wunschkind

Meine Tochter Charlotte betritt das Zimmer, allein. Bei ihren ersten Besuchen in der Klinik hatte sie ihre beiden Kinder mitgebracht. Ein Mädchen und ein Junge, sechs und vier Jahre alt. Sie müssen sich auf der Station schrecklich benommen haben, ich hörte wie im Gemeinschaftsraum darüber gesprochen wurde. Anscheinend waren sie durch die Gänge gerannt, hatten sich lautstark gestritten, Joghurtbecher von den Essenstabletts genommen und sich all das geleistet, was unerzogene Kinder für gewöhnlich tun. Während ihre Kinder draußen tobten, saß Charlotte neben meinem Bett und überhörte den Tumult auf dem Flur, bis Amanda im Zimmer stand. Dieses Bild habe ich noch deutlich vor Augen. Die Fäuste in die Taille gestemmt, sagte sie: „Sie nehmen Kinder sofort zu sich, alte Leute brauchen Ruhe! Wenn schlecht erzogen, lassen in Zukunft zuhause!" Sprach's und knallte die Tür zu. Charlotte murmelte etwas von Unverschämtheit. Schließlich könne man Kinder nicht anbinden, in dem Alter seien sie eben wild, und überhaupt könne ihr dieses ungebildete Weib ihr nichts befehlen. Dann stand sie auf, sammelte ihre beiden Früchtchen ein und verließ das Krankenhaus.

Ein verbreitetes Vorurteil besagt, dass man sich von Natur aus mit den Menschen verstehen muss, mit denen man verwandt ist Es kann ja sein, dass aus diesen rücksichtslosen, überall Chaos hinterlassenden Enkeln einmal umgängliche Erwachsene werden. Dann werde ich - sollte ich es noch erleben - mein Urteil revidieren. Anzeichen dafür gibt es. Aber nur, wenn ich mit einem von beiden allein bin. Meist mit Lilly, weil Charlotte mir Lukas nicht zumuten will. Meine Rolle beschränkt sich im Allgemeinen darauf, das Fernsehprogramm zu kontrollieren, denn Lilly hängt mit großen Augen vor dem Bildschirm und wird geradezu eingesaugt von dem, was sie sieht. Eines Tages zog ich heimlich den Stecker heraus und behauptete, der Apparat sei kaputt, sie müsse sich anderweitig beschäftigen. Eine Weile blieb sie beleidigt auf dem Sofa sitzen, dann entdeckte sie meine Schmetterlingssammlung. Fasziniert stand sie vor dem verstaubten Glaskasten. Ich nahm ihn von der Wand, holte das Schmetterlingsbuch aus dem Regal und las ihr die Namen der einzelnen Exemplare vor, erklärte, wo sie leben, wie sie sich fortpflanzen und welche Blüten sie am liebsten mögen.

Plötzlich hatte ich das Gefühl, dass Lilly verstand, wie sehr ich diese kleinen lebendigen Kunstwerke liebe, und sie betrachtete sie beinahe ehrfürchtig. Dann platzte Charlotte mit dem schreienden Lukas herein. Sie hatte es wie immer eilig, und der magische Augenblick war verflogen. Ich weiß nicht, ob Lilly sich noch daran erinnert. Vielleicht ist die kurz aufgeflackerte Liebe zu den Schmetterlingen irgendwo in ihr hängen geblieben.

Charlotte füttert mich, das macht sie sehr behutsam, fast liebevoll, wie ich zugeben muss. Dann sitzen wir eine Weile zusammen am Tisch und sie erzählt, was sich in den letzten Tagen zugetragen hat. Sie kommt mich jede Woche besuchen und bleibt eine Stunde oder länger. Manchmal hat sie einen Termin beim Stationsarzt, um sich nach meinen Fortschritten zu erkundigen. Natürlich bekomme ich Behandlungen beim Orthopäden und man bringt mich regelmäßig zur Krankengymnastik. Auch eine Logopädin bemüht sich, mir wieder das Sprechen beizubringen. Die medizinische Versorgung ist gut in dieser Klinik. Es erfordert viel Disziplin, meine Tarnung aufrechtzuerhalten und trotzdem nicht jeglichen Heilungsfortschritt zu verweigern, sondern so zu tun, als bessere sich mein Zustand allmählich. Aber sehr, sehr langsam. Mein Krankheitsbild muss plausibel bleiben. Ich habe schon viel gelernt bezüglich der Erwartungen, die man an mich hat und merke an der Reaktion der behandelnden Person, ob ich zu viel oder zu wenig kann. Dann korrigiere ich mich sofort.

Seltsam, früher hat mir meine Tochter nicht so viel von sich erzählt. Wenn ich ihr jetzt zuhöre - und zu meiner Überraschung macht es mir Freude - wird mir klar, dass sie mir immer etwas vorgespielt hat - die erfolgreiche Geschäftsfrau, die glückliche oder wahlweise die gestresste Mutter. Aber jetzt erzählt sie mir einfach, wie es ihr geht, weil sie das Bedürfnis hat, jemandem ihre Sorgen und Gedanken mitzuteilen. Wahrscheinlich erleichtert es unsere Kommunikation, dass ich nicht antworten kann und dass sie nicht sicher ist, ob ich ihr folge und verstehe, was sie sagt. Deshalb scheut sie sich nicht von Dingen zu reden, die sie sich selbst nicht gern eingesteht und die ihr Mann oder eine ihrer Freundinnen nicht erfahren sollen. Seit ich nicht mehr so ganz zurechnungsfähig bin, tauge ich anscheinend besser als Gesprächspartnerin. Weil meine Tochter nun ohne jede Zurückhaltung mit mir redet, kann ich mich oft in ihre Gedanken und Nöte einfühlen. Vielleicht habe ich früher gar nicht hingehört, weil ich glaubte , sowieso alles über sie zu wissen.

Charlotte war ein Wunschkind! Eine Zeitlang dachten wir, es klappt nicht. Alle gleichaltrigen befreundeten Paare wurden nach und nach Eltern. Allmählich kamen wir uns zurückgeblieben vor, wenn die anderen ihre Babygeschichten austauschten und wir stumm daneben saßen. Mutter schielte auf meinen Bauch, wenn wir sie besuchten, und war jedes Mal enttäuschter, wenn ihr geschulter Blick keine Andeutung einer Rundung entdecken konnte. Ihre Hoffnung auf Enkelkinder hing an mir, denn Christoph zeigte keinerlei Interesse an einer Familiengründung. Er hatte stets wechselnde Freundinnen und zog es vor, durch die Welt zu reisen. Dann wurde ich endlich schwanger. Alle freuten sich, Mutter sah mit leuchtenden Augen ihrer Metamorphose zur Großmutter entgegen. Mein Mann ließ sich verlegen lächelnd von Freunden und Kollegen auf die Schulter klopfen. Ich wartete vergeblich auf die geheimnisvolle Verwandlung, die aus einer normalen Frau eine vor Glück strahlende Mutter macht - ein Wesen wie von einem anderen Stern, in sich ruhend und mit der Welt im Einklang. Aber anscheinend waren meine Hormone falsch gepolt, denn abgesehen davon, dass mir mit schöner Regelmäßigkeit morgens nach dem Aufstehen übel wurde, und meine Stimmungen mit mir Achterbahn fuhren, blieb ich ganz dieselbe.

Die Tage nach der Geburt verbrachte ich in einem kleinen hellen Krankenzimmer mit Blick auf einen Park, in dem Kastanienbäume blühten und Amseln in den Hecken ihre Nester bauten. Jeden Morgen und jeden Nachmittag kam die Schwester und brachte mir mein Kind, ein kleines faltiges Etwas mit geschlossenen Augen und hellem Flaum auf dem winzigen Kopf. Sie legte mir Charlotte auf den Bauch. Ich wusste nicht, wie ich sie anfassen sollte und hatte Angst, sie könnte mir herunterfallen. Vergeblich saugte sie an meiner trockenen Brust. Ich sah schließlich ein, dass ich nur bedingt zur Mutter taugte und gab ihr die Flasche. Wenn ich allein war, hörte ich vom entfernten Ende des Flurs das Schreien der neugeborenen Babys und versuchte, mir klarzumachen, dass eine dieser Stimmenmeiner Tochter gehörte. Ich fühlte mich, als wäre ich in eine Falle geraten!

Dann kam ich mit dem Baby nach Hause. Nun waren wir eine Familie. Noch immer wartete ich auf die versprochene Euphorie, darauf, dass jetzt alles in bester

Ordnung und mein Leben mit sofortiger Wirkung ein glückliches und erfülltes sein würde. Aber ich war nur müde und schlecht gelaunt. Die Nächte wurden vom Babygeschrei in Stücke gehackt, und die Tage waren ausgefüllt mit wenig inspirierenden Verrichtungen wie Windeln wechseln - bis zuletzt konnte ich meinen Ekel davor nicht überwinden, Fläschchen machen, mit dem Kinderwagen vor dem Haus auf und ab gehen und mit anderen Müttern Müttergespräche führen. Ich fühlte mich wie aus mir selbst vertrieben. Meine Wünsche, Phantasien und Tagträume waren irgendwo in einen Winkel meines Gehirns verbannt. Charlotte entwickelte sich prächtig. Ihre Bäckchen rundeten sich, der Flaum auf ihren Köpfchen kräuselte sich zu allerliebsten blonden Locken und ihre Augen strahlten im schönsten Himmelsblau. Sie war ein so hübsches Kind, dass die Leute auf der Straße stehen blieben und verzückt in den Kinderwagen schauten. Ich kaufte ihr rosafarbene Strampler, band rosafarbene Schleifen in ihre Locken und sonnte mich nun doch ein wenig im Glanz dieser Tochter, wobei mir unerklärlich blieb, wie es mir gelungen war, ein so bildhübsches Kind hervorzubringen. Als sie älter wurde, strahlte Charlotte die Leute an im vollen Bewusstsein ihrer Wirkung, und so blieb es, bis sie erwachsen war. Mit sechs Jahren besaß eine ganze Sammlung blondlockiger Puppen, die sie mit Hingabe an- und auszog und mit dem Puppenwagen spazieren fuhr. Sie flirtete mit allen Männern und würdigte kein Buch auch nur eines Blickes. Mit fünfzehn schminkte sie sich wie eine Erwachsene - allerdings nur, wenn sie glaubte, ich sähe es nicht - und hatte einen Schwarm von Verehrern. Die Schule absolvierte sie nach dem Prinzip, mit möglichst geringem Einsatz das bestmögliche Ergebnis zu erzielen, und das gelang ihr mit großem Erfolg. Hatte mich in den Fächern, die mich nicht interessierten, die Langeweile gequält, in den anderen, die mir am Herzen lagen, der Ehrgeiz getrieben, so erbrachte sie gleichmütig überall die geforderte Leistung und schnitt zuletzt besser ab, als ich es bei all den hohen Ansprüchen an mich selbst damals geschafft hatte. Meine Versuche, sie für ein Buch zu begeistern oder ihr mit einem Einmachglas voller Kaulquappen die Metamorphose der Frösche nahe zu bringen, ließ sie stoisch bis angeekelt über sich ergehen. Wenn ich aufgab, erwachte sie augenblicklich wieder zum Leben und rannte aus dem Zimmer, um sich mit einer Freundin zu verabreden oder ihre Lieblingssendung im Fernsehen anzuschauen. Kein Mensch konnte mir fremder und unbegreiflicher sein als meine eigene Tochter. Zugleich beneidete ich sie darum, dass ihr alles in den Schoß fiel und alle zu Füßen lagen, und dass sie nichts anderes vom Leben erwartete, als so leicht und genussvoll wie möglich durchzukommen.

Nun sitzt sie hier am Tisch, und das Leben sieht nicht mehr so rosig aus wie noch vor ein paar Jahren. Sie ist immer noch eine hübsche Frau, volles blondes Haar, klarer Teint, die Augen strahlend blau wie immer, aber es haben sich Falten zwischen ihren Brauen und an ihren Mundwinkeln eingegraben. Vor Lukas' Geburt gab sie ihre gut bezahlte Stellung in der oberen Etage einer Bank auf. Nun ist sie auf dem Abstellgleis gelandet, während ihr Mann Karriere macht und noch dazu eine jüngere Freundin hat, wie ich aus ihren Andeutungen heraushöre. Sie hat ein Buch mitgebracht, wahrscheinlich hat sie es zufällig aus meinem Bücherregal gezogen, es ist Stifters Erzählband „Bunte Steine", eines meiner Lieblingsbücher. Will sie nun doch anfangen zu lesen, weil das Leben nicht so ist, wie sie es sich erträumt hat? Oder möchte sie einfach nicht mehr so viel über sich reden und mir eine Freude machen?

Das Lesen vermisse ich hier tatsächlich am schmerzlichsten. Meine einzige Lektüre sind die Rückseiten der Zeitungen, die im Gemeinschaftsraum wie Schutzschilde auseinandergefaltet werden. Aber wie soll ich an Bücher kommen? Niemand weiß, dass ich längst wieder lesen kann, niemand würde auf die Idee kommen, mir ein Buch oder auch nur eine Zeitschrift zu geben. Das ist der Preis, den ich für meine Verstellung zahle. Und nun hilft mir ausgerechnet meine Tochter und liest mir „Katzensilber" vor. Es ist die Geschichte eines seltsamen Waldmädchens, das drei Kindern und deren Großmutter bei einem Hagelschlag das Leben rettet und auch sonst einiges Gute bewirkt, bevor es wieder in seiner archaischen, unzugänglichen Welt verschwindet. Ich kenne die Geschichte seit meiner Studienzeit. Stifter gilt ja als langweilig, aber nachdem ich „Bunte Steine" gelesen hatte, war ich süchtig nach dieser Art von Langeweile und habe fast alles von ihm gelesen. Charlotte kann gut vorlesen, noch etwas, das ich bis jetzt nicht von ihr wusste, und ich höre die Geschichte mit dem seltsamen Gefühl, dass sie etwas mit meinem Leben zu tun hat.

Familiensache

Nachdem Charlotte gegangen ist (das Buch hat sie leider mitgenommen), kommt Amanda mit Karla herein und hilft uns beiden in die Betten. Der Mittagschlaf ist in der Klinik heilig. Karla scheint diesen Tag ignorieren zu wollen, obwohl es ein so schöner Sonnentag ist. Was in ihr vorgeht, in welcher Welt sie lebt, bleibt ihr Geheimnis. Es gibt Tage, an denen sie stundenlang schreit und aus dem Bett steigen will. Auch Amanda, der sie sonst blindlings vertraut und an der sie wie ein Kind hängt, kann sie dann nicht beruhigen. Heute ist also kein ganz schlechter Tag für sie, aber ein noch besserer ist, wenn sie aus ihrem Dämmerzustand erwacht und zu Bewusstsein kommt. Manchmal habe ich den Verdacht, dass auch sie ihren wechselnden Zuständen nicht so vollständig ausgeliefert ist wie es scheint, sondern sie ein wenig steuern kann, um bestimmte Dinge zu erreichen oder ihren Unmut zu demonstrieren. Wenn ihre Enkelin Sarah zu Besuch kommt, ist sie immer bei klarem Verstand, und zwar schon morgens beim Aufwachen, auch wenn der Besuch erst am Nachmittag ansteht. Erscheint Sarah an ihrem üblichen Besuchstag, jeden zweiten Mittwoch nämlich, ist das noch zu erklären, wenn es auch eine erstaunliche Leistung für eine demenzkranke Frau ist, im Einerlei des Klinikalltags die Wochentage auseinander zu halten. Noch erstaunlicher ist jedoch, dass Karla vorauszuahnen scheint, wenn ihr Liebling unangemeldet an einem anderen Tag vorbeischaut, und schon Stunden vorher erwartungsvoll in ihrem Bett sitzt. Sarah kennt ihre Tante also nur von der besten und freundlichsten Seite, und wenn Amanda sie nicht in ganz seltenen Fällen anrufen würde, wenn sie mit Karla nicht mehr zurechtkommt und sie nicht mit Spritzen ruhig stellen will, würde sie gar nicht glauben, dass es auch andere Tage gibt. Jedenfalls wird Sarah heute nicht erscheinen, so viel ist klar. Amanda schüttelt die Betten auf und legt uns die Zudecke quer über die Beine, sodass unsere Füße herausschauen, denn es ist warm im Zimmer. „So ist angenehmer", sagt sie zu uns beiden Stummen oder auch nur zu sich selbst. Dann kurbelt sie die Markise herunter, denn die Sonne ist inzwischen um den Südflügel gewandert und bescheint unseren Balkon. Die Markise flattert im Wind, ein sommerliches Geräusch, ich schließe die Augen - da wird geräuschvoll die Tür aufgerissen, ich schrecke hoch aus meinem Traum. Mein Wecker zeigt halb Zwei. Keine Besuchszeit, aber darum kümmern sich Karlas Sohn und seine Frau nicht, sie nehmen sich das Recht heraus, Krankenbesuche in ihrer Mittagspause zu absolvieren. Grußlos gehen sie an mir vorbei, als sei ich ein Stück Holz. Dabei habe ich die Augen offen und sehe sie an, aber für sie gehöre ich anscheinend ebenso wie Karla einer niedrigen Lebensform an, deren Vertretern man nicht wie Menschen begegnen muss. Sie bemühen sich nicht, die Türe leise zu schließen, schieben holpernd zwei Stühle neben Karlas Bett und unterhalten sich ohne Rücksicht darauf, dass ich jedes Wort verstehen kann, was sie mir offensichtlich nicht zutrauen. Wieder einmal verhilft mir meine Tarnung zu tiefen Einblicken in die menschliche Psyche. Nun ist mir auch klar, warum Karla sich dem heutigen Tag verweigert. Offensichtlich fühlt sie unliebsamen Besuch mit der gleichen Sicherheit voraus wie den ihrer Lieblingsenkelin. Die überfallartigen Besuche dieser beiden haben auch nicht den Zweck, der alten Frau eine Freude zu machen. Sie wollen nur nachsehen, ob ihre Mutter und Schwiegermutter weiterhin so stur darauf besteht am Leben zu bleiben, oder ob ihr Zustand sich verschlechtert hat, sodass sie auf eine baldige Erbschaft hoffen können. Für den Fall, dass Karla nicht so einsichtsvoll ist, baldmöglichst das Zeitliche zu segnen, haben sie, wie ich heute zum ersten Mal höre, ein Entmündigungsverfahren eingeleitet. „Ich bin sicher, dass sie dieser kleinen Schlampe Sarah das Haus vermacht hat, irgendwo muss ein Testament sein", giftet die nette Schwiegertochter, während ihr Mann apathisch daneben sitzt. „Ich werde es finden, und wenn ich jedes Stück Papier im Haus einzeln umdrehen muss!"

„Der Notar sagt, er weiß nichts von einem Testament", wendet er ein, „Sarah steht nur ein Pflichtteil zu, mach dir keine Sorgen."

„Da kennst du deine Mutter schlecht!", gibt sie zurück.

Ich beobachte die Frau, sie muss um die Vierzig sein, und frage mich, wie ihr Leben verlaufen sein mag. Wahrscheinlich ist Karla keine einfache Schwiegermutter und gehört zu den Müttern, die ihren Sohn keiner Frau gönnen. So viel Hass muss eine Ursache haben, und schließlich kenne ich meine Bettnachbarin zu wenig, um beurteilen zu können, was für ein Mensch sie war, bevor sie dement wurde. Ihr Sohn macht einen verzweifelten und resignierten Eindruck, wahrscheinlich läuft seine Firma nicht gut und er braucht dringend das Geld. Zugleich schämt er sich dafür, dass er seiner Mutter den Tod wünscht und sie entmündigen lassen will. Aber was geht es mich letztlich an. Ich schließe die Augen und versuche wegzuhören, was mir nicht sehr gut gelingt. Und so dringt noch ihre Genugtuung darüber, dass sie ihrer Nichte Sarah Hausverbot erteilt und den Schlüssel weggenommen haben, in mein Bewusstsein, während ich einschlafe.

Marie

Ist es möglich, dass einem dieselbe Person im Laufe des Lebens in verschiedenen Inkarnationen begegnet? Dieser Gedanke geht mir durch den Kopf, während ich Amanda beim Bettenmachen zusehe. Wieder ist ein herrlicher Sommertag, warme Luft weht durch die offene Balkontür herein. Ich sitze im Rollstuhl, schnuppere den strengen Kernseifeduft im Zimmer und beobachte, wie sie das Laken abzieht und in den Wäschesack stopft, ein frisches vom Stapel nimmt und es wie eine Fahne über ihren Kopf schwingt, um es zu entfalten. Dieses Bild habe ich schon einmal gesehen, vor vielen, vielen Jahren. Ich war vielleicht zwölf, und das Fahnen schwingende Mädchen war meine Freundin Marie.

Am ersten Schultag im Gymnasium stand ich ziemlich verloren auf dem Flur. Die ganzen Ferien hindurch hatte ich rasende Angst davor gehabt, in die neue Schule zu kommen. Vergeblich hielt ich nach bekannten Gesichtern Ausschau, aber von den Freundinnen aus der Grundschule konnte ich keine entdecken. Sie waren anderen Klassen zugeteilt worden.

Als ich den Klassenraum betrat, wurde ich von einem großen Jungen angerempelt, der sich an mir vorbeidrängte und seine Schultasche zielsicher auf den Tisch warf, den ich für mich ausgesucht hatte. Am Mittelgang, genau auf halbem Weg zwischen Lehrerpult und Rückwand. Nun blieb mir nur ein Platz in der hinteren Reihe. Der Junge wandte sich um und ließ seinen Blick über die Bankreihen wandern Natürlich blieb er an mir hängen, einem mageren schüchternen Mädchen mit Zahnspange und kurzen Haaren. Alle anderen Mädchen hatten Zöpfe oder geföhnte Locken, um die ich sie brennend beneidete. Aber meine Mutter bestand auf kurzen

Haaren, weil sie es praktischer fand. Zum Glück kam jetzt der Lehrer. Für die kommende Dreiviertelstunde war ich sicher. Nach dem Pausenklingeln wagte ich nicht, mich vom Stuhl zu rühren, aber der große Junge näherte sich bereits meinem Platz, ein paar andere im Abstand hinterher. Ich tat so, als bemerke ich es nicht, aber da stand er schon an meinem Tisch und lehnte sich mit der Hüfte an. „Hallo", sagte er grinsend, „da haben wir ja eine Streberin! Hältst dich wohl für besonders gescheit."

Ich hatte mein Lieblingsbuch mitgenommen, um mich in der Pause irgendwohin zurückzuziehen und zu lesen. Die Jungs, die sich um ihren Anführer versammelt hatten, lachten beifällig. Er nahm das Buch von meinem Tisch, blätterte darin und warf es wie aus Versehen zu Boden. „Oh, das schöne Buch", sagte er und hob es auf. Dann riss er eine Seite heraus, zerknüllte sie vor meiner Nase und warf sie weg. „Da fehlt ja eine Seite! Nun ist es nicht mehr zu gebrauchen. Da kannst du es mir ja gleich schenken, vielleicht werde ich dann auch so klug wie du!" Er klemmte das Buch unter den Arm, drehte sich um und ging zur Tür.

Er hatte nicht mit Marie gerechnet! Sie hatte alles beobachtet, stellte sich ihm in den Weg, groß, kräftig, fast so breitschultrig wie er, mit wilden dunklen Haaren, die sie sich aus der Stirn blies. Die Ohrfeige, die sie ihm ohne Vorwarnung verpasste, war bis ans andere Ende des Raumes zu hören. Ohne ein Wort nahm sie dem perplexen Jungen das Buch aus der Hand und brachte es mir zurück. Gemeinsam suchten wir zwischen den Bankreihen die herausgerissene Seite und strichen sie auf dem Tisch glatt. „Du kannst sie wieder hinein kleben", tröstete mich Marie, „meine Mutter hat ein spezielles Klebeband dafür. Ich bringe es dir morgen mit." Dann gingen wir zusammen in die Pause.

„Wir treffen uns heute Nachmittag um vier Uhr an der Autobahnbrücke", flüsterte Marie mir eines Tages zu, als wir aus dem Schulbus stiegen. Ich konnte mir nicht vorstellen, was sie da wollte, aber an ihrem fest geschlossenen Mund und den zusammengezogenen Brauen sah ich, dass es etwas Verbotenes sein musste.

„Hier geht's runter", rief sie in den Lärm der vorbeifahrenden Autos, als wir dann auf der Brücke standen, direkt neben einem Verbotsschild für Fußgänger. Sie zeigte auf eine kleine Tür in der Schallschutzmauer. „Nur für Berechtigte."

„Wer ist denn berechtigt, hier durchzugehen?"

„Wir jedenfalls nicht", stellte sie fest, schob den Riegel zurück und stieß die Tür auf. Im Grau der Schallschutzmauer öffnete sich ein grünes Quadrat. Wir blickten in das Laub von Baumkronen. Unten konnte man die erste Sprosse einer rostigen Leiter sehen, die an der Stützmauer in die Tiefe führte. „Hier rechts ist eine Stange, daran kannst du dich festhalten", sagte Marie, während sie Stufe für Stufe nach unten kletterte. Sie musste es schon mal ausprobiert haben. Der Brückenpfeiler stand auf einem Stück Niemandsland zwischen Pappeln, Salweiden und Brombeergestrüpp. Darin lagen Matratzen, zerbrochene Bettgestelle und Kleiderschränke, ein Sofa und ein ausgedienter Kühlschrank. Wir duckten uns entlang der Mauer an den dornigen Ranken vorbei. Am Fuß des Brückenpfeilers ließ das Gestrüpp eine rechteckige Fläche frei. „Das ist unser Platz", bestimmte Marie, „hier werden wir eine Hütte bauen." Hoch über unseren Köpfen donnerten die Autos über den Asphalt. Wir schleppten Bretter und eine Matratze die Böschung herauf, dann überlegten wir, was wir noch zum Bauen der Hütte brauchten. „Hammer und Nägel", schlug ich vor, „vielleicht noch anderes Werkzeug. Und eine Plastikplane, um das Dach abzudichten." „Das kann ich alles aus der Werkstatt meines Vaters mitbringen", bot sie an. „Und ein Seil, um das Sofa und den Kühlschrank aus dem Gebüsch zu holen." Mir war nicht klar, wie wir das schaffen sollten, aber ich sagte nichts. „Außerdem können wir mit dem Seil unsere Sachen von der Brücke runterlassen, damit wir sie nicht tragen müssen." Zuhause fielen mir noch Streichhölzer ein und ein Taschenmesser.

Eine Woche später war unsere Hütte fertig. Mit der Plastikplane als Dach, unter der sich der Umriss des Kühlschrankes abzeichnete und durch die das rote Polster des Sofas hindurchschimmerte, sah sie aus wie die Behausung außerirdischer Nomaden, die auf einem fremden Planeten gelandet waren. Eine Tischdecke mit blauem Blumenmuster wurde als Vorhang vor den Eingang gehängt. Den ganzen Sommer über führten wir nun ein Doppelleben. Während der Schulpausen besprachen wir die notwendigen Besorgungen für unseren kleinen Haushalt. Alle zwei oder drei Tage - nicht öfter, damit es nicht auffiel - trafen wir uns an der Brücke. Weil es zu unserem Landstreicherleben nicht so recht passte, Lebensmittel und was wir sonst brauchten, vom Taschengeld zu bezahlen, ging dem Weg zur Hütte meistens ein Raubzug durch irgendeinen Supermarkt voraus. Ich traute mich höchstens, einen Schokoriegel oder ein Päckchen Kaugummi einzustecken und bezahlte zur Tarnung eine Dose Limo an der Kasse. Aber Marie stellte sich ungerührt als drittes Kind einer gestressten Mutter in die Warteschlange und legte ihre Sachen mit aufs Band. Auf diese Weise erstand sie einen Campingkocher, Topf und Pfanne dazu, Besteck, Teller und zwei langstielige Weingläser. Wir brieten Spiegeleier, kochten Spaghetti und gossen zum Nachtisch geschmolzene Schokolade über Vanilleeis. Eines Tages brachte Marie eine Flasche Rotwein mit. Die Tischdecke wurde vom Eingang abgenommen und auf den Tisch gelegt. Feierlich entkorkte sie die Flasche. „Worauf sollen wir anstoßen?", fragte ich.

„Darauf, dass wir ein ganz besonderes, abenteuerliches Leben führen", sagte sie. Nach kurzem Nachdenken fügte sie hinzu: „Und dass wir uns von niemandem etwas vorschreiben lassen." Nachdem wir getrunken hatten, küssten wir uns auf den Mund.

Eines Abends brauten sich Gewitterwolken zusammen. „Uns kann nichts passieren, unter der Brücke sind wir sicher", beruhigte mich Marie, „wir bleiben auf jeden Fall hier, jetzt wird's doch erst interessant!" Wir beschwerten die Plane ringsherum mit Brettern und Steinen. Dann schoben wir die Matratzen an den Eingang, setzten uns dicht nebeneinander und schauten dem Gewitter zu, das plötzlich ganz nah war und von allen Seiten zu kommen schien. Fast gleichzeitig kamen Blitz und Donner und mit einem Knall, der sich wie eine Explosion in unmittelbarer Nähe anhörte, setzte der Regen ein. Eine Weile saßen wir noch im Trockenen, aber dann trieb der Sturm den Regen unter der Brücke durch. Wir versuchten die Plane festzuhalten, eine heftige Bö riss sie aus ihrer Verankerung. Ich sprang auf und flüchtete unter die Bäume. Erst dachte ich, Marie wäre neben mir, dann sah ich sie mit der flatternden Plane kämpfen. Der Wind packte sie und wickelte sie darin ein, sodass ich einen Moment fürchtete, sie werde davongetragen. Aber sie konnte sich befreien und hielt die Plane mit ausgestreckten Armen über ihren Kopf wie eine Siegesfahne, die weiß im Licht der Blitze aufleuchtete.

Niko

Amanda verlässt das Zimmer ohne ein Wort, sie scheint heute schlecht gelaunt zu sein. Vielleicht hat sie Sorgen. Ich weiß nichts über ihr Leben außerhalb der Klinik. Hat sie Familie, einen Mann, Kinder? Warum hat sie ihre Heimat verlassen? Sie spricht nie darüber. Immer ist sie ganz für uns da, als gäbe es für sie nichts außer ihrem Job hier auf der Station. Aber wenn sie so stumm und abwesend ist wie heute, wird mir bewusst, dass auch sie eine Geschichte hat, wie wir alle, besonders die alten Leute im Flur und im Gemeinschaftsraum, die am Ende ihres Lebens angekommen sind. Ich versuche manchmal, mir die Geschichten auszumalen, die sich hinter ihren Gesichtern verbergen. Fast vergessene und solche, die sie oft hervorholen, weil sie sich gern darin sehen; beschönigte, gefälschte, erfundene und solche, die im Dunkel bleiben, weil sie schmerzhaft sind oder beschämend. Am besten geht es vielleicht denen, die schon vom Ballast ihrer Geschichten befreit sind, weil sie sich zusammen mit den Synapsen und Nervenzellen in ihrem Gehirn aufgelöst haben. Ihre Gesichter sind leer und ausdruckslos, was ihnen eine wieder gewonnene Unschuld, beinahe so etwas wie Schönheit verleiht. Ihre Angehörigen irren sich, wenn sie meinen, ihnen eine Freude zu machen, indem sie sie an ihrem Leben teilnehmen lassen. Im Gegenteil, sie fühlen sich belästigt von dem Gerede über Dinge, die sie nicht mehr verstehen und die sie nichts angehen. Es interessiert sie nicht mehr, was es gestern zum Mittagessen gegeben hat oder wie die Windpocken des Enkelkindes verlaufen sind oder wer der neue Liebhaber der Nachbarin um die Ecke ist. Sie sind schon weit entfernt von dem, was man das Leben nennt. Hier in der Klinik ist nichts mehr davon übrig, nirgends ein Versteck vor dem eigenen, nackten Ich und der Tatsache, dass man sterben wird.

Ein andermal begegnete mir „Amanda" in der Mensa der Universität. Ich hatte mich für Literaturwissenschaft eingeschrieben, auf Anraten meiner Eltern - und weil ich mir nichts anderes zutraute - für ein Lehramtsstudium. Obwohl ich weder Lust noch Begabung zu diesem Beruf spürte. Aber für den Moment spielte das keine Rolle. Ich lebte in den Büchern und lief durch die ländliche Universitätsstadt, als gehörte ich nicht auf diese Welt. Anfangs bewohnte ich ein möbliertes Zimmer bei einer älteren Dame - Bett, Schreibtisch und ein gewaltiger Mahagoni-Kleiderschrank, der mich nachts im schummrigen Licht der Straßenlaterne erschreckte, wenn ich aus einem Traum aufwachte und mich zuhause in meinem Zimmer glaubte. Nach diesem Zimmer hatte ich nun Sehnsucht, obwohl ich froh war, von der Familien-Umklammerung befreit zu sein. So oft ich konnte, flüchtete ich aus meinem Verlies. Das Lernen kam dabei zu kurz. Aber damit war es mir ohnehin nicht besonders ernst, in den Seminaren und Vorlesungen träumte ich vor mich hin, besuchte sie bald nur noch sporadisch, und lesen konnte ich schließlich auch draußen. Es war ein heißer Sommer, alles Leben spielte sich auf den Straßen ab, überall Studenten, die irgendwie zusammengehörten. Nur ich schlich mich an den Grüppchen Diskutierender und an den voll besetzten Cafés vorbei, mein Buch unter dem Arm, setzte mich in den Schatten einer Ulme auf die Ufermauer am Fluss und las. Oft ging ich ziellos durch die gepflegte Altstadt und versuchte mir vorzustellen, wie es wäre, hinter den Fenstern der schönen historischen Häuser zu leben, hinter gerafften Vorhängen und sorgsam gegossenen Topfpflanzen. Manchmal blieb ich auf einer der vielen

Brücken stehen und schaute dem Fluss zu. Forellen standen darin, kleinere Fische schossen silbrig durchs Wasser, und einmal sah ich einen sehr großen Fisch ruhig über seinem Schatten schweben, als dächte er über etwas nach, während die Sonnenreflexe über seinen Rücken hinweg zogen. Ich hatte keine Ahnung von Fischen und nahm mir vor, ein Bestimmungsbuch zu kaufen, um bei Gelegenheit meinen Vater zu beeindrucken.

Draußen vor der Stadt lagen Wiesen mit Obstbäumen in hügeliger Landschaft. Ich kaufte einen Rucksack, packte Brot, eine Flasche Wasser und eine Wanderkarte hinein und erkundete die Gegend auf langen Spaziergängen über staubige Feldwege. Auf manchen Wiesen stand das Gras noch hoch, ich zog die Schuhe aus und bahnte mir einen Weg durch kniehohe Halme. Hinter mir lag meine Spur, eine schmale dunkle Linie wie die Spur eines Tieres. Auf einmal wünschte ich mir, das Gras würde wieder aufstehen und die grüne Fläche sich hinter mir schließen wie Wasser.

Weiter weg gab es Weinberge. Ich betrat die Miniaturausgabe eines Fachwerkhauses, zweistöckig in den Hang gebaut, drinnen umringten Holzbänke einen eisernen Ofen, dessen Rohr durch die Decke ging. Während ich durch das glaslose Fenster über die Weinberge schaute, malte ich mir aus, ein Einsiedlerleben zu führen, mit nichts beschäftigt als mit dem Betrachten der Landschaft im Wechsel der Jahreszeiten.

In jenen Wochen aß ich kaum etwas, meine Hosen und T-Shirts wurden mir zu weit. Ich war braungebrannt und sah verwildert aus, was mir nicht bewusst war, denn in dem winzigen Bad meiner Vermieterin gab es nur einen blinden Handspiegel. In der Uni-Toilette erschrak ich manchmal vor meinem Spiegelbild.

In der Mensa schaufelte ich die Kohlehydrate in mich hinein und merkte erst, dass sich jemand neben mich gesetzt hatte, als ich angesprochen wurde. „Du bist doch auch im Romantik-Seminar, oder?" Ich sah von meinem Teller hoch in das freundliche Gesicht einer korpulenten braunhaarigen jungen Frau, die ebenfalls eine große Portion Pasta vor sich stehen hatte.

„Ja", antwortete ich kauend, jeder ausführlicheren Kommunikation entwöhnt.

„Ich komme mit meinem Referat nicht zurecht, vielleicht können wir uns mal zusammensetzen?" Später stellte sich heraus, dass das nicht stimmte. Greta war mit ihrer Semesterarbeit über Hölderlin schon ziemlich weit. Dass sie mich ansprach, hatte einen anderen Grund. Aber wir arbeiteten gut zusammen. Ich hatte den Hyperion schon dreimal gelesen und kannte viele Gedichte Hölderlins auswendig. Dafür war sie auf den neuesten Stand bezüglich Textkritik und Interpretation, wovon ich wenig Ahnung hatte. So kam es, dass ich am Ende des Semesters sogar eine Hausarbeit abgeben konnte.

Greta wohnte in einer Wohngemeinschaft in einem Vorort. Vier Studenten teilten sich ein Einfamilienhaus mit Garten, zwei Männer und zwei Frauen. Alle bewohnten jeweils ein Zimmer für sich, Greta eines der beiden Kinderzimmer unterm Dach. Im Gegensatz zu den anderen, die das spießig fanden, hatte sie es sich gemütlich gemacht mit Bauernschrank und Polstersessel. Sie war zu selbstbewusst, um sich von den Sticheleien ihrer Mitbewohner stören zu lassen. Greta war so etwas wie die Mutter der WG. Sie war die älteste, hatte das Abitur auf dem zweiten Bildungsweg gemacht und erst spät mit dem Studium angefangen. Wenn ich heute darüber nachdenke, wird mit klar, dass sie die Einzige von uns war, die wusste, was sie mit ihrem Leben anfangen wollte. Während die anderen auf Demos mitmarschierten und ihre Zeit mit endlosem Diskutieren verbrachten, sorgte sie dafür, dass genug zu essen im Kühlschrank war, räumte das Geschirr weg und bereitete sich mit großer Disziplin auf ihre Prüfungen vor. Sie war auch die Einzige, die wirklich Lehrerin werden wollte Wir hingen unseren Träumen vom Schreiben und vom Berühmtwerden nach und dachten mit Grauen an den bevorstehenden Lehreralltag.

Viel, viel später, in den letzten Jahren vor meiner unfreiwilligen, vorzeitigen Pensionierung, begann ich doch noch, diesen Beruf zu lieben. Vor allem deshalb, weil Stella in meiner Klasse war. Stella, die Schülerin, auf die man sein ganzes Lehrerleben hindurch wartet, in der Gewissheit, dass sie einem in Wirklichkeit nie begegnet wird. Sie liebte Hölderlins Gedichte ebenso wie ich - und manchmal hatte ich den Verdacht, sie verstand sie besser! Mit ihr konnte ich mich, über die Köpfe der Anderen hinweg, unterhalten wie mit einer Erwachsenen.

Es war ein seltsamer Verein trauriger Bürgerkinder, den Greta damals um sich versammelt hatte. Lisa, die im Zimmer neben ihr wohnte, war einer besitzergreifenden Großfamilie in Schleswig-Holstein entflohen, hatte den Kontakt zu Eltern und Geschwistern abgebrochen, finanzierte ihr Studium mit Jobs in Kneipen und erzählte lachend wie sie als blond gelockte, sechzehnjährige Schönheit zur Deichprinzessin gekürt worden war. Was sie in die Flucht getrieben hatte verschwieg sie uns. Stefan heulte sich von Zeit zu Zeit beim Essen darüber aus, dass er in seinem tiefsten Innern ein Spießer sei, dem es Freude macht, den Rasen zu mähen und der es nicht schafft, seinen Wunsch zu überwinden, als Familienvater ein ebensolches Haus sein eigen zu nennen, wo er doch zur Zeit eine viel bessere und gerechtere Lebensform praktizierte. Er besaß ein Auto, das er uns allen großzügig zur Verfügung stellte, und war der einzige außer Greta - die allerdings keinen Grund sah, es zu verbergen - der ab und zu aufräumte, weil er es nicht ertrug, im Chaos herumliegender Schuhe und Kleidungsstücke, verstreuter Bücher und schmutzigen Geschirrs zu leben.

Der vierte Hausbewohner war Richard. Er hatte das Wohnzimmer für sich, schrieb an seiner klapprigen Schreibmaschine interpunktionslose, gesellschafts-kritische Texte für eine Studentenzeitschrift und manchmal Gedichte, die er niemandem zeigte. Eines Morgens nach einer langen Nacht mit viel Alkohol und kreisender Hasch-Zigarette, erwachte ich in seinem Bett. Das war wohl von Anfang an so geplant gewesen. Ich kündigte das möblierte Zimmer, brachte meine Sachen bei Richard unter und gehörte nun dazu. Bis zu dem Tag, an dem Niko auftauchte.

Sarah betritt das Zimmer und sagt freundlich Guten Tag. Sie geht nicht grußlos vorbei wie gewisse andere Leute. Ich wusste nicht, dass sie heute kommt, sicher hat sie etwas auf dem Herzen.

Niko, den ich seit dem Abitur nicht mehr gesehen hatte, saß ein paar Reihen vor mir im Hörsaal. Ich erkannte ihn sofort, als er mitten in der Vorlesung aufstand und den Professor, einen würdevollen Mann um die sechzig, der uns die Aufbruchsstimmung der 1848-er Jahre nahe bringen wollte, rüde unterbrach, um das Auditorium aufzufordern, anstelle der Vorlesung über den Selbstmord von Ulrike Meinhof zu diskutieren. Der Professor bewahrte Haltung. „Wenn Sie und die übrigen Kommilitonen die Freundlichkeit hätten, meinen

Ausführungen über die gescheiterte Revolution von 1848 zu folgen, könnten wir vielleicht gemeinsam auch in Bezug auf die aktuellen Ereignisse etwas lernen." Die meisten Studenten im Hörsaal bekundeten Beifall, und Niko verließ zusammen mit ein paar Getreuen die Veranstaltung. Im Vorbeigehen streifte mich sein Blick, ich hatte das Gefühl, dass auch er mich wieder erkannte. Niko war auch ein Ausnahmeschüler gewesen, aber von der gefährlichen Art. Ein intellektueller Überflieger, der die Lehrer verachtete und sie in Grund und Boden argumentierte Sie ließen es sich gefallen, weil ihm alles zuflog, die Lösungen der Mathematikaufgaben, an denen wir uns das Hirn zermarterten, die treffenden Formulierungen im dialektischen Aufsatz - und die Mädchen. Er kam zwei Jahre vor dem Abitur in unsere Klasse, und natürlich war ich vom ersten Tag an in ihn verknallt. Ich ergatterte ein Passfoto von ihm, rahmte es ein und stellte es in einer Ecke meines Bücherregals auf. Ich klaute seine Bleistifte und Notizzettel, einmal sogar seinen Schal. Aber das Beste war eine schwarze Haarsträhne, die ich behielt, als wir uns im Unterricht gegenseitig Haare abschnitten, um sie unters Mikroskop zu legen. Natürlich hatte ich keine Chance. Er hatte nur die schönsten Mädchen, meist aus anderen Schulen, nannte es „durch den Unterleib politisieren".

Kaum war er an unserer Schule, gründete er eine Diskussionsgruppe, in der er Autoren zitierte, von denen wir noch nie gehört hatten, und gab eine Schulzeitschrift heraus, die nach ihrem zweiten Erscheinen vom Oberschulamt wegen Aufrufs zur Gewalt verboten wurde. Er erschien im schwarzen Ledermantel, trug die Haare schulterlang, und sein ebenmäßiges Gesicht mit den tiefdunklen Augen hatte etwas Messianisches. Seltsamerweise flog er nicht von der Schule, trotz allem was, er sich herausnahm. Die Lehrer hatten beinahe Angst

vor ihm. Manche versuchten, sich bei ihm ein-
zuschmeicheln, vielleicht, damit etwas von seinem
Glanz auf sie überging. Er verkörperte wahrscheinlich
das, was sie sich selbst erträumt hatten.
Dann kamen wir uns doch noch näher. Unsere Klasse
hatte verabredet, nach dem Abitur zusammen irgendwohin zu reisen, und wir hatten uns auf Südfrankreich
geeinigt. Als es soweit war, meldeten sich nach und
nach fast alle wieder ab. Sie wollten ein letztes Mal mit
ihrer Familie verreisen oder einen Sprachkurs fürs ge-
plante Studium antreten. Zuletzt blieben ich, meine
Freundin Kirstin - die nur unvollkommen die Lücke
ausfüllen konnte, die Marie hinterlassen hatte, als sie
kurz vor dem Abitur die Schule verließ und ins Ausland
verschwand - und Niko , der zu unserem Erstaunen
darauf bestand zu fahren, jetzt erst recht. Er hatte eine
neue Flamme dabei, was mich grenzenlos enttäuschte.
Aber besser auf diese Weise noch einmal zwei Wochen
in seiner Nähe sein, als sich gleich ins Unvermeidliche
fügen, nämlich dass ihn nie mehr wiederzusehen.
Wir fuhren mit zwei Autos. Niko mit seiner Freundin
voran, ich mit Kirstin hinterher, die noch keinen Füh-
rerschein hatte. Also saß ich die ganze Strecke am
Steuer. Wir fuhren nach Süden ohne anzuhalten, außer
um zu essen und zu schlafen, ließen alle schönen Städte
und Landschaften am Weg liegen, Nimes, Arles, Avignon, die Provence, Camargue, Pyrenäen. Wir fuhren,
als wären Furien hinter uns her. Meistens machten wir,
wenn es Nacht wurde und die Müdigkeit unüberwind-
lich, irgendwo an der Straße Halt, schliefen im Auto
und wuschen uns am Morgen in einer Raststätte
zwischen Lastwagenfahrern, Hippies und Strichmäd-
chen. Wir ließen Frankreich hinter uns und durchquerten die Sierra Nevada. Die Hitze kochte im Innenraum,
links und rechts nur Steinwüste und abgestorbene

Bäume. Weit und breit kein menschliches Leben, geschweige denn Supermärkte oder Tankstellen. Die Angst packte mich, ohne Wasser und Benzin in der Ödnis liegen zu bleiben und zu verdursten. Als die Sonne endlich hinter einer zackigen Bergkette verschwand, wurde es erträglicher. Wir fuhren in die Dunkelheit hinein, die schnell herab sank und sich wie Filz auf die Windschutzscheibe legte. Ich klammerte mich an die Rücklichter des vorausfahrenden Wagens, während die Landschaft neben der sich endlos dahin windenden Straße von der Schwärze verschluckt wurde. Wir fuhren die halbe Nacht durch. Kirstin neben mir war eingeschlafen. Ich kämpfte auch mit der Müdigkeit, was Niko zu ahnen schien, denn er beschrieb ab und zu Schlangenlinien auf der leeren Piste und versuchte, mich durch wechselnde Blinkersignale und aufleuchtende Bremslichter wach zu halten. Es war wie eine geheime Kommunikation zwischen uns einsam Wachenden - seine Freundin schlief sicher auf dem Beifahrersitz genauso tief wie Kirstin, während er sich mit mir durch Lichtzeichen unterhielt.

Irgendwann bog Niko abrupt in einen Feldweg ein. Der Mond erschien, eine schwächliche Sichel. Aber sein Licht ließ zumindest die Konturen der Gegend wieder aus der Finsternis hervortreten. Wir fuhren eine Anhöhe hinauf. Selbst der holprige Weg konnte Kirstin nicht aus dem Schlaf rütteln. Wir parkten unterhalb der Kuppe und stiegen aus. Es roch nach Thymian und Rosmarinsträuchern, die wir platt gefahren hatten, und nach Feuchtigkeit. Jetzt war es überraschend kühl. Wir setzten uns nebeneinander auf eine kleine Steinmauer, die ein Feld begrenzte, und schauten in den Himmel. Zu meiner Schande muss ich gestehen, dass ich kein einziges Sternbild erkannte, vielleicht standen sie hier im Süden alle auf dem Kopf - oder ich war zu verliebt.

Glücklicherweise entdeckte ich dann doch noch den kleinen Bären, ein unscheinbares Lichthäufchen, das sich in einzelne Punkte auflöst, wenn man daran vorbeischaut. „Ja, den seh' ich auch", meinte Niko, „aber sonst kenn ich mich nicht aus. Übrigens, du bist eine gute Fahrerin." Er stand auf und gähnte. „Ich schlaf erst mal ne Runde". Wir gingen zu unseren Wagen, ließen die Rückenlehnen herunter und schliefen bei offenen Türen.

In Granada machten wir Halt und besichtigten die Alhambra. Niko kaufte sich eine Gitarre bei einem Instrumentenbauer in der Altstadt. Als einziges Kind reicher Eltern spielte Geld keine Rolle für ihn. An der Costa del Sol Touristenrummel, Betonklötze, Bettenburgen. Niko besorgte uns zwei Zimmer im besten Hotel am Strand. Wir verbrachten Stunden im Bad, bevor wir uns frisch gewaschen und gekleidet in der Bar einfanden und vor dem Essen teure Cocktails tranken. Auf der Terrasse über dem Meer neigten sich Sonnenschirme im Wind, wir setzten uns an einen weiß gedeckten Tisch, bestellten das große Menü und stießen mit Champagnergläsern auf das bestandene Abitur an. Niko sonnte sich im Lächeln von drei unübersehbar, in ihn verliebten Frauen, genoss die misstrauischen und neidischen Blicke an den Nebentischen und lachte lauter, als wir es von ihm gewohnt waren. Spät am Abend zogen wir uns mit einer Flasche Tequila, die Niko an der Bar besorgt hatte, zu viert in sein Zimmer zurück, er spielte Flamenco und Fado auf seiner neuen Gitarre, er konnte wirklich gut spielen, wir tanzten mehr schlecht als recht dazu, betrunken wie wir waren. Im Morgengrauen erwachte ich dann auf dem Sofa, sah die drei nackt im Bett liegen, Niko quer über die Matratze ausgestreckt, die beiden Mädchen zusammen in die einzige Decke gekauert, kühles Licht lag auf den weißen Laken und konturierte den Faltenwurf. Ich war noch in meinen Kleidern, hatte geschlafen wie ein Stein, nichts gehört und gesehen.

In Lissabon wollte kein rechtes Gespräch mehr aufkommen, wir gingen schweigend nebeneinander her ohne viel von der Stadt wahrzunehmen. Missmutig saßen wir auf der Ufermauer des Tejo und sahen zu, wie er sich träge ins Meer schob, sein braunes Flusswasser sich mit dem dunklen Meerwasser mischte. „Also, Tschüs dann", sagte Niko plötzlich, sprang auf und ging, ohne sich noch einmal umzudrehen. Seine Freundin rappelte sich erschrocken hoch und rannte hinter ihm her, versuchte, sich bei ihm einzuhängen, aber er behielt die Hände in den Hosentaschen und würdigte sie keines Blickes. Anscheinend war es ihm völlig gleichgültig, ob sie mit ihm kam oder bei uns blieb. Das letzte, was ich von ihm sah, war eine ungeduldige Handbewegung, mit der er sie wegschicken wollte, aber sie blieb bei ihm.

Ich machte mich mit Kirstin auf den Heimweg. Es wurde eine endlose und nervtötende Rückreise über viele hundert Autobahnkilometer. Wir gerieten in heftigen Streit, sprachen tagelang kein Wort miteinander, und als ich sie endlich zuhause abgesetzt hatte, fühlte ich mich befreit. Wir haben nie mehr etwas voneinander gehört.

Nun tauchte Niko also wieder auf, und er fand genau die Atmosphäre, die er brauchte. Unter den Studenten brodelte es, Protestkundgebungen formierten sich an jeder Ecke, Plakate wurden geklebt und wieder abgerissen, es kam vor, dass Vertreter verfeindeter Gruppen sich auf offener Straße verprügelten. In dieser aufgeheizten Stimmung spielte er, ein charismatischer, dunkler Engel mit langem schwarzem Haar und Ledermantel, mit Genuss die Rolle des Endzeitpropheten. Die ständigen Vollversammlungen und Diskussionsrunden waren sein Element, er vernichtete seine Gegner mit geschliffener Rede und schneidenden Argumenten, hatte auf jede Frage eine Antwort, wischte jeden Einwand vom Tisch, angeekelt von so viel Kleinmut und Lebensängstlichkeit. Alles an ihm war kalkuliert, und trotzdem strahlte er so etwas wie Unschuld aus, den naiven Glauben an einen neuen Menschen, der befreit von allen Schlacken seiner Herkunft leben würde, ohne Neid, Hass und Besitzgier. Man konnte sich seiner Ausstrahlung schwer entziehen.

Eines Abends, Greta, Richard und ich saßen vor dem Fernseher in Richards Zimmer und verfolgten die Nachrichten über einen versuchten Anschlag auf eine Kaserne, bei dem ein Wachsoldat getötet worden war, kam Stefan mit Niko herein und bat uns, seinen Freund für ein paar Tage zu verstecken, er müsse untertauchen. Lisa räumte ihr Zimmer und zog zu Greta um, und schon in der zweiten Nacht lief ich mit fliegenden Fahnen von Richard zu Niko über, vom Wohnzimmer in die Dachkammer, vom Gedichteschreiber zum Abenteurer.

Ich muss eingeschlafen sein. Sarah ist gegangen, Karla liegt reglos auf dem Bett und starrt zur Decke. Heute hat sie den Besuch ihrer Lieblingsenkelin nicht vorausgeahnt, und sie konnte sie nicht aus ihrer fernen verschlossenen Welt in die Sphäre zurückholen, die man gemeinhin die Wirklichkeit nennt.

Familiengeschichten kümmern mich sonst wenig, es ist mir schleierhaft, warum sich die Menschen so brennend dafür interessieren, wer wessen Sohn oder Tochter ist, wer mit wem wie viele Kinder hat, sich verlobt oder die Ehe bricht, während unser rätselhafter Planet gleichmütig am Rand einer unbedeutenden Milchstraße um eine winzige Sonne kreist und sich das Universum unaufhaltsam ausdehnt. Aber seit ich hier bin, spielt sich Karlas Familiengeschichte direkt neben meinem Bett ab, so dass ich sie mehr oder weniger unfreiwillig mitbekomme. Sicher, ich könnte weghören, wenn ihr feiner Sohn in ihrer Gegenwart mit seiner Frau über das erhoffte baldige Hinscheiden seiner Mutter spekuliert oder Sarah ihre Probleme ausbreitet, aber ich tue es nicht. Es interessiert mich. Ich nehme Anteil am Leben dieser mir unbekannten Leute, als gingen sie mich etwas an, ich habe meine Lieblinge, Karla, die demenzkranke, aber in ihrer Hilflosigkeit immer noch intrigante und herrschsüchtige Großmutter, der ich aus Sympathie jeden Charakterfehler verzeihe, und die zarte, lebensuntüchtige, begabte Sarah, die noch nicht wahrhaben will, wie viel Durchsetzungswille und Aggressivität in ihr stecken. Ihre Feinde sind auch meine Feinde: Karlas schlaffer Sohn und ihre geldgierige Schwiegertochter samt Kindern, Typen aus einer drittklassigen Filmkomödie, so schlecht gespielt, dass es mir vorkommt, als hätte man ihnen bei ihrer Geburt eine Rolle gegeben, an der sie sich ihr Leben lang abarbeiten. Sie haben es, wie sich das gehört, auf Sarahs Erbe abgesehen. Sarahs Eltern sind vor einigen Jahren bei einem Autounfall ums Leben gekommen, Karlas Tochter Emmi und ihr Mann. Wenn Karla davon spricht, wird ihre Stimme brüchig und ihre Erinnerung scharf, es scheint, dass der Schmerz ihren Geist lebendig macht. Sie nahm damals ihre sechzehnjährige Enkelin zu sich und versuchte, ihr die Eltern zu ersetzen. Nach dem Abitur fing Sarah an, Kunst zu studieren, Karla bezahlte ihr eine kleine Dachwohnung in der Stadt, damit sie für sich sein konnte und nicht zu sehr am großmütterlichen Rockzipfel hing, aber das Zimmer im Haus stand ihr immer zur Verfügung. Sahra nutzt es als Atelier, weil für ihre großen Arbeiten in der Dachwohnung kein Platz ist. Und nun wird ihr der Zugang zum Haus und damit zu ihrer Arbeit verwehrt, sicher wollte sie darüber mit ihrer Großmutter reden. Von dem Testament, das Karla im Haus versteckt hat und das ihre Schwiegertochter nun so verzweifelt sucht, weiß Sarah nichts. „Sie soll das Haus bekommen", vertraute mir meine Zimmergenossin eines Tages an, nachdem sie mir wieder einmal die ganze Geschichte erzählt hatte - sie muss ja nicht fürchten, dass ich ihr Geheimnis ausplaudere. „Mein Sohn würde es sofort verkaufen, ihm geht es nur um's Geld, sonst ist ihm nichts wichtig. Aber Sahra braucht ein Zuhause, wohin sie sich zurückziehen kann, wo sie ihre Ruhe hat und genug Platz zum Malen. Sie ist sehr begabt, wissen Sie (wenn Karla wieder in der Wirklichkeit angekommen ist, siezt sie mich, wie unter fremden Menschen üblich), genau wie ihre Mutter - ich habe das Testament im Bücherregal versteckt, Band drei der Goethe-Ausgabe, Faust, erster Teil, Prolog im Himmel." Sie lächelte zufrieden über ihre kleine Intrige. „Wenn der Moment gekommen ist, werde ich es ihr sagen, aber vorerst - wenn sie weiß, dass sie das Haus bekommt, besucht sie mich vielleicht nicht mehr so fleißig. Ich mag Sarah gern, aber im Grunde, wissen Sie, im Grunde sind doch alle Menschen gleich, wenn's ums Geld geht."

Im Gemeinschaftsraum herrscht wie immer dicke Luft. Es ist früh am Abend, Amanda stellt mich vor dem Fernseher ab, sie ist in Gedanken und redet nicht mit mir wie sonst. Im ersten Programm läuft eine Quiz-Sendung, die sehe ich gern, es macht mir Spaß festzustellen, dass ich noch immer mehr weiß als die meisten dieser jungen Leute, die sich in der Hoffnung, für ihr bisschen Weltkenntnis viel Geld zu bekommen, auf den Stuhl setzen und bei den läppischsten Fragen scheitern. In Gedanken unterhalte ich mich mit meinem Vater, wir lästern gemeinsam über die allgemeine Unwissenheit und malen uns aus, wie wir zusammen die Höchstsumme gewinnen, denn als Team wären wir unschlagbar. Dann ist die Sendung zu Ende, ich drehe mich unauffällig mit dem Rollstuhl herum, damit ich die Leute im Raum beobachten kann. Geduldig sitzen sie die Zeit ab, wie Patienten im Wartezimmer, aber worauf warten sie eigentlich? Mir gegenüber versteckt sich ein Mann hinter einer aufgeschlagenen Zeitung - meistes sind es die Männer, die sich so angelegentlich in die neuesten Nachrichten vertiefen und beim Umblättern mit dem Zeitungspapier rascheln, damit jeder hören kann, dass sie noch an der Außenwelt teilnehmen.

Der Leser blättert eine Seite um, für eine Sekunde treffen sich unsere Blicke, er wirkt irritiert, weil er sich plötzlich von einer dementen Alten im Rollstuhl beobachtet fühlt - ach was, denkt er, das scheint nur so, sie schaut nur in sich hinein - er faltet die Zeitung wieder auseinander, sein Gesicht verschwindet. Aus Gewohnheit lese ich die Überschriften. Für das Kleingedruckte bin ich zu weit entfernt, aber dann vergesse ich alle Vorsicht und schiebe mich näher heran: „Neue Erkenntnisse über einen Mord im Umfeld der RAF - durch DNA-Untersuchungen konnte nachgewiesen werden, dass die wegen dreifachen Mordes verurteilten Terroristin F. auch in den Mordfall Hanno K. verwickelt war. F. hatte eine Beteiligung an dem Überfall vor mehr als dreißig Jahren bisher abgestritten. Außerdem wurden DNA-Spuren eines unbekannten Mannes sichergestellt. Lesen Sie mehr dazu auf Seite vier."

Am liebsten würde ich dem Mann vor mir die Zeitung aus den Händen reißen, aber es geht nicht, ich bin wie erstarrt, Seite vier ist so unerreichbar wie die Oberfläche des Mondes, und ich werde wohl nie erfahren, ob es in dem Bericht um den Überfall in jener Nacht geht, in der Niko und Stefan bei uns auftauchten.

Wir haben die beiden nie gefragt, was sich wirklich abspielte, waren davon überzeugt, dass Niko an dem Überfall beteiligt gewesen war und dass niemand anderes als er die Schüsse abgegeben hatte. Es passte alles zusammen: Die Nachrichten im Fernsehen, Stefans Frage, ob wir Niko verstecken können - warum sonst hätte er untertauchen müssen? Das Geheimnis, das ihn umgab, die Schuld, die er auf sich geladen hatte, unsere verschwörerische Hilfe, die Gefahr, in die wir uns um seinetwillen begaben - all das verstärkte noch die Anziehungskraft, die Niko ohnehin auf mich ausübte. Mit ihm zusammen zu sein bedeutete, mit meinem bisherigen Leben zu brechen, alles aufs Spiel zu setzen, vor allem das Durchschnittsleben, das mich erwartete. Aber vielleicht war er gar kein Mörder, sondern spielte wieder einmal eine Rolle, zog sich ein Schicksal an wie seinen Ledermantel und glaubte schließlich selbst der zu sein, für den er sich ausgab. Genauso gut hätte Stefan der Täter sein können. Die beiden waren unzertrennlich, er himmelte sein großes Vorbild Niko an und hätte alles getan, um ihm zu imponieren. Ein bizarrer Gedanke: Niko übernimmt für Stefan die Schuld - damals hatte man noch keine Vorstellung von der Möglichkeit, Identität durch DNA-Proben nachzuweisen - weil sie seiner Rolle entspricht, Stefan tritt seine Laufbahn als angesehenes Mitglied der Gesellschaft an, mit einem Mord auf dem Gewissen, der sein Leben zur Lüge macht, während Niko freiwillig in irgendwelchen Terroristen-Camps vor die Hunde geht. Aber es gab noch eine dritte Möglichkeit, nämlich die, dass beide mit dem Überfall auf die Kaserne und dem Mord überhaupt nichts zu tun hatten, sondern dass Niko aus einem anderen Grund vor der Polizei floh. Niko blieb drei Tage bei uns, Richard machte gute Miene zum bösen Spiel, denn schließlich war Eifersucht Ausdruck bürgerlichen Besitzdenkens - und außerdem hatte Niko, der angeschlagene Kämpfer, weiblichen Beistand nötig. Am Morgen des vierten Tages brachte Stefan einen gefälschten Ausweis für seinen Freund mit, und wir packten unsere Sachen. Niko, der jetzt Sebastian hieß, sollte sich in Marseille mit einem ominösen Verbindungsmann treffen, und die Woche bis zum verabredeten Termin sollten wir beide als harmloses Urlauberpärchen in Frankreich verbringen. Stefan stellte sein Auto zur Verfügung, Lisa, die eine abgebrochene Friseurlehre zu den Relikten ihrer Vergangenheit zählte, schnitt Niko die Haare. Seine schwarzen Haarsträhnen ringelten sich wie kleine Schlangen auf dem Boden. Als Lisa fertig war, drehte Niko sich zu uns um und grinste entschuldigend. Er war ein Anderer. Der messianische Zug war aus seinem Gesicht verschwunden, das Abenteuerliche war einem verletzlichen, beinahe kindlichen Ausdruck gewichen, niemand würde ihn erkennen. Beim Hinausgehen schenkte er Stefan den schwarzen Ledermantel. „Lass ihn erst mal eine Weile im Schrank hängen, nachher wirst du noch für Niko gehalten!" Die beiden umarmten sich, wir stiegen in Stefans Auto und machten uns auf den Weg nach Süden.

Wir fuhren die gleiche Strecke wie damals, wechselten uns am Steuer ab und sprachen nicht viel. Ich fragte mich, ob Niko auch an jene seltsame Reise dachte, und wenn, auf welche Weise er sich daran erinnerte, ob ihm das alles gleichgültig war, was wir damals erlebt hatten, oder ob ihm unser Gespräch unter dem Sternenhimmel der Sierra Nevada noch etwas bedeutete. Wir bewegten uns langsamer vorwärts als damals, machten oft Halt, um uns etwas anzusehen, und übernachteten in kleinen Hotels. Niko hatte vor der Reise sein ganzes Geld abgehoben oder vielmehr von Stefan abheben lassen und die Barschaft an verschiedenen Stellen seines Gepäcks versteckt. Er ging ziemlich freigiebig damit um, ich weiß nicht, wie lange er vorhatte damit auszukommen. Von heute aus betrachtet, weiß ich überhaupt nicht mehr, was er vorhatte, ob es den Verbindungsmann in Marseille tatsächlich gegeben hat, ob er sich tatsächlich zum Guerillakämpfer ausbilden lassen wollte oder einfach nur durch die Welt abenteuern und sich irgendwie über Wasser halten. Ein normales Leben kam für ihn jedenfalls nicht in Frage, und dieser ganz normale Urlaub, den wir miteinander verbrachten, war für ihn nur erträglich in Hinblick auf die absolute Freiheit, auf die er sich zu bewegte.

Wir suchten einen Ort, der nicht von deutschen Touristen überlaufen war. Stefan als leidenschaftlicher Kajakfahrer hatte uns die Montagne Noir westlich von Montpellier empfohlen. „Da begegnet ihr auf den Zeltplätzen nur französischen Pfadfindergruppen und ein paar verrückten Wildwasser-Freaks, die nichts als ihre Kanus im Kopf haben." In Montpellier besorgten wir uns ein Zelt, verließen bei Beziers die Autobahn und folgten einer schmalen Straße in die Berge.

Am Ausgang einer engen Schlucht, wo tatsächlich eine Gruppe Pfadfinder in Begleitung zweier Lehrer ihre Jurten aufgebaut hatte, fanden wir einen Zeltplatz. Als unser Zelt stand - wir hatten zusammengearbeitet wie ein eingespieltes Team - fuhren wir ins Dorf und kauften im winzigen, angestaubten Supermarkt Brot, Käse und eine Flasche Rotwein. Dann kletterten wir an dem kleinen Bach entlang bis zum höchsten Punkt und setzten uns auf eine Felsplatte, von der aus man die Gegend überschauen konnte. Die Montagne Noir trug ihren Namen zu Recht, in der einfallenden Dämmerung zeigten sich die verschatteten waldigen Hänge in tintigem Schwarz, aus dem nur einzelne, von Sonnenstrahlen gestreifte Baumwipfel grellgrün herausleuchteten. Sie erloschen, und die Konturen der Berge hoben sich nun vom fahlen, im Westen rot getränkten Himmelsblau ab, das allmählich in Schwärze überging. Nach und nach erschienen die Sterne. Wir aßen Brot und Käse und tranken die Flasche leer, während die Sternbilder über unseren Köpfen aufgingen, und Niko sagte in die Stille hinein: „Lach bitte nicht, ich habe mich seit damals mit Sternbildern beschäftigt. Den kleinen Bär dort kennst du ja. Der große Wagen ist auch leicht zu erkennen. Ich vermisse Orion, den großen Jäger, mein Lieblingssternbild, er ist nur im Winter zu sehen. Seltsam eigentlich, dass die Menschen in allen Kulturen die Angewohnheit haben, diese zufällig verteilten Lichtpunkte am Himmel zu Bildern zu verbinden, sie gewissermaßen in ihre Welt einzugemeinden und an ihrem Leben teilhaben zu lassen. Wir versetzen die Toten an den Himmel und bilden uns ein, dass sie zu uns herunterschauen und ein Auge auf uns haben. In Wirklichkeit sind wir es, die zu den Sternen hinaufsehen, während sie von unserer Existenz völlig unbeeindruckt sind. Ordo inversus, verkehrte Welt." Niko machte eine Pause, ich saß sprachlos und mit vor Staunen offenem Mund neben ihm. Nie hätte ich gedacht dass so etwas Romantisches wie Sternbilder ihm irgendein Interesse abnötigen könnten. Für solche „Banalitäten" war eher ich zuständig. Aber wenn er sich mit etwas beschäftigte, kam gleich ein druckreifer Vortrag dabei heraus.

Mein Gesicht hatte in diesem Moment sicher nicht den intelligentesten Ausdruck, aber zum Glück sah er nicht zu mir herüber, sondern in den Himmel, während er fortfuhr: „Ich erinnere mich an ein Bild, das ich in irgendeinem Esoterik-Schmöker gesehen habe - normalerweise interessiert mich so etwas nicht -, aber das Bild hat mich beeindruckt: Stell dir vor, die Erde ist eine Scheibe mit Bergen, Tälern und Flüssen, alles schön ausführlich gemalt. Darüber ist die Himmelskuppel gestülpt, nachtblau, die Sternbilder sind darauf abgebildet, von unten sieht es so aus, als wären die Sterne an der Kuppel festgeklebt. Da kniet nun ein Mann am Rand der Scheibe, er steckt seinen Kopf durch die Himmelskuppel hindurch, will wissen, wie es dahinter aussieht - und schaut ins Leere, in eine bodenlose Finsternis! Die Sterne, die ihm von drinnen so nah und vertraut erschienen sind, blicken ihm kalt aus abgrundtiefer Ferne entgegen. Erschrocken will er den Kopf wieder zurückziehen, aber er kann es nicht, er steckt fest zwischen Himmel und Erde, er kann seine Welt nicht verlassen und zugleich seine Erkenntnis nicht mehr loswerden."

Wir lebten dort am Ausgang der Schlucht, als wäre es für immer, verbrachten unsere Tage am Wasser, verschliefen die heißen Stunden im Schatten der Bäume - Steineiche, Kiefer, Zürgelbaum - schwammen im eiskalten Bach, sonnten uns auf glatt geschliffenen Felsen und übten uns darin, nichts zu tun und nichts zu denken. Abends aßen wir im Dorf in einer schmuddeligen Kneipe, die Tische klebrig von Bier, der Boden mit Kippen übersät, und erprobten unsere Französischkenntnisse an der vollbusigen Kellnerin und dem mürrischen Kneipier, dem beim Servieren das Toupet verrutschte. Danach krochen wir in unser Zelt. Die pubertierenden Jungs aus dem Pfadfinderlager schlichen nachts um uns herum, wir hörten sie manchmal kichern und am Reißverschluss unseres Zeltes hantieren, aber wenn sie gehofft hatten, uns beim Sex zu belauschen, müssen sie enttäuscht gewesen sein. Wir lagen beieinander wie Zwillingsföten im Uterus, schliefen Rücken an Rücken oder ineinander gelegt wie das prähistorische Paar, dessen Gebeine man aus dem Sediment einer Höhle geborgen hatte, eng umschlungen, so wie es vor zigtausend Jahren unter einer Schlammlawine begraben worden war.

Nach ein paar Tagen reisten die Pfadfinder ab, wir blieben allein auf dem Platz. Nun schlief ich nicht mehr so gut, lauschte auf jedes Geräusch, Zweige knackten, ein Tier schnüffelte an unserer Zeltplane, einmal war ich sicher, Schritte gehört zu haben, und weckte Niko, der sich von nichts in seiner Nachtruhe stören ließ. „Damit du beruhigt bist", knurrte er, nahm etwas aus seinem Rucksack und wickelte es aus dem Wäschestück, in dem er es versteckt hatte, ein kleines schwarzes kompaktes Ding, metallisch glänzend in seiner Hand, eine Pistole. „Sie ist geladen und ich kann damit umgehen. Nun schlaf weiter."

Das Wetter änderte sich, es wurde stürmisch, nachts drückte der Wind gegen das Zelt, wir schlugen die Heringe tiefer in den Boden und suchten uns tagsüber in der Nähe unseres Badeplatzes einen Unterschlupf in den

Felsen. Dann kam der Regen. Er überraschte uns am Mittag in der Schlucht, wir sammelten schnell unsere tropfnassen Sachen ein und begannen den Abstieg, doch plötzlich ließ uns ein seltsames Geräusch aufhorchen, wir drehten uns um und sahen eine braune Wand aus Wasser und Schlamm auf uns zukommen, sie klatschte gegen die Felswände der Schlucht, lehmfarbene Gischt spritzte hoch. „Schnell!", brüllte Niko, packte mich am Arm und zog mich auf einen Felsabsatz, dann noch eine Stufe weiter, und dann hatte das Wasser uns erreicht. Wir klammerten uns an einem Strauch fest, die braune Brühe stieg uns bis über die Brust. Vergeblich versuchten wir, uns ans Ufer zu ziehen. „Halt dich fest, nicht los lassen", schrie Niko gegen das Getöse an und schnappte gleich darauf nach Luft, weil eine Welle über unsere Köpfe hinweggegangen war. Ich fühlte, wie der Ast, an dem ich mich festhielt, aus meinen Händen rutschte. Das Wasser packte mich mit ungeheurer Kraft, es wirbelte mich herum wie das Treibgut, das mit mir zusammen zu Tal trieb. Für einen Augenblick bekam ich den Kopf an die Oberfläche, holte Atem und sah einen umgestürzten Baum, der sich zwischen Felsen verkeilt hatte. Seine Zweige hingen im Wasser, ich griff danach, konnte mich festhalten und ein Stück weit aus dem reißenden Wasser ziehen. Langsam, von Ast zu Ast hangelte ich mich ans Ufer und schaffte es bis zu einer, von der Flut durch einen vorspringenden Fels, geschützten Stelle. Das Wasser stieg nun nicht mehr weiter, der Regen hatte nachgelassen, und ich blieb dort sitzen, halb ohnmächtig, die blutenden Hände in die Zweige verkrallt, damit die Wellen, die nach mir langten, mich nicht wieder fortreißen konnten. Ich zitterte, dass meine Zähne aufeinander schlugen. Irgendwann fühlte ich, wie jemand meinen Arm ergriff, meine Hände aus den Zweigen löste und mich hochzog. Es war Niko, er hatte es geschafft, ans Ufer zu kommen und war an der Felswand entlang talwärts geklettert. Ich weiß nicht mehr, wie wir den Abstieg geschafft haben. Das Wasser hatte unser Zelt weggerissen, aber wie jeden Morgen hatten wir unsere Taschen im Kofferraum des Wagens eingeschlossen, der etwas weiter oben an der Straße stand. Wir fuhren ins Dorf und nahmen ein Zimmer im einzigen Hotel, der Wirt gab es uns umsonst. „Als Entschädigung dafür, dass unser Fluss euch beinahe umgebracht hätte", meinte er. Seine Frau klebte Pflaster auf unsere schlimmsten Schrammen und verband meine Hände, und am Abend spendierte uns der Patron ein Essen und eine Flasche Wein.

In dieser Nacht klammerten wir uns aneinander, als sollten wir noch einmal ertrinken, wir kratzten unsere Wunden auf, bissen uns die Lippen blutig und liebten uns mit stiller, ausdauernder Wut. Am Morgen brachte ich Niko nach Marseille. An der Hafenmole trennten wir uns, er schulterte seine Tasche, blieb einen Moment stehen, als zögere er wegzugehen, dann küsste er mich rasch auf den Mund und setzte sein spöttisches Grinsen auf: „Mach's gut, ein schönes Leben wünsch ich dir."

Ich schaute ihm nach, wie er am Hafenbecken entlangging, die Tasche wie einen Seesack auf dem Rücken. Dann fuhr ich nach Hause ohne anzuhalten. Am nächsten Morgen lieferte ich den Wagen bei Stefan ab, holte meine Habseligkeiten aus Lisas Zimmer, quartierte mich in einer billigen Pension ein, bis ich eine Bude in der Stadt gefunden hatte, und brachte mein Studium zu Ende.

Südflügel

Sonntags werden wir in unseren Rollstühlen zur Klinikkapelle geschoben. Wer sich noch selbständig bewegen kann und seine fünf Sinne beisammen hat, entscheidet selbst, ob er am Gottesdienst teilnehmen will oder nicht. Die anderen werden einfach mitgenommen, man ist wohl der Meinung, der Segen könne nicht schaden, auch wenn man nichts mehr davon mitbekommt. Wie jede Woche bewegt sich der kleine Pulk in Richtung Treppenhaus, kurzer Aufenthalt am Fahrstuhl, bis alle im zweiten Stockwerk angekommen sind, dann ganz bis ans Ende des Ostflügels. Eine Schwester geht mit. Sonst ist es Amanda, aber seit ein paar Tagen ist sie nicht in der Station erschienen, ich konnte nicht in Erfahrung bringen weshalb. Also begleitet uns heute eine junge Schwester, die ich nicht kenne. Ich habe nichts gegen diese sonntägliche Abwechslung, die Kapelle ist ein moderner, nüchterner Raum mit harmonischen Proportionen und Glasfenstern, mit deren Hilfe die Morgensonne farbige Muster auf die weißen Wände malt.

Der Raum erinnert mich an die Kirche Notre-Dame-du-Haut in Ronchamp. Niko und ich waren damals hingefahren. Er schätzte le Corbusier, der mit seiner Architektur die Gesellschaft erneuern wollte, aber ich glaube, er war ziemlich enttäuscht von dessen berühmtestem Werk, denn diese Kirche ist einfach nur schön. Gelassen blickt sie über die Landschaft, wie die auf dem Berg Ararat gestrandete Arche, und in ihr Inneres, fließt Licht durch tief in die Mauer eingelassene Fenster. Ein sanftes Leuchten schwebt über dem leicht geneigten Fußboden, wie über dem Meeresgrund.

Man stellt unsere Rollstühle an die Enden der Stuhlreihen, neben mir sitzen zwei Frauen. Sie unterhalten sich über eine Zimmernachbarin, ich höre unwillkürlich hin, während der Raum sich füllt und zur Einstimmung leise Orgelmusik anhebt. „Sie ist gestern nach Süden verlegt worden", sagt die Frau, die direkt neben mir sitzt. Ihre Nachbarin scheint nicht gleich zu verstehen, denn sie erklärt: „Nach Süden" bedeute in den Südflügel, zu den hoffnungslosen Fällen, zu denen, die es bald überstanden haben. „Sterbebegleitung nennen sie das, als ob einen da noch jemand begleiten könnte", lacht sie und verstummt, weil der Pfarrer eingetreten ist. Das Geschehen auf der geistlichen Bühne vollzieht sich so, wie ich es aus meiner Kindheit kenne, aber eigentlich längst vergessen habe. Es versetzt mich in eine aufmerksame Trance, jeder Satz erzeugt einen Nachhall vergangener Sonntage.

Die Predigt holt mich zurück in die Gegenwart. Es geht um Unsterblichkeit - wahrscheinlich weil wir alle so nahe dran sind, die Wahrheit darüber zu erfahren. Ich höre nicht recht zu, die Unterhaltung von vorhin beschäftigt mich. Vielleicht gelingt es mir irgendwie, mich selbständig zu machen, wenn wir vom Gottesdienst zurück zur Station gebracht werden. Ich möchte das Klinikgebäude erkunden, besonders der Südflügel interessiert mich. Während ich noch überlege, wie ich es anstellen soll, mich von den Anderen loszueisen, hilft mir ein Zufall: Ein kleiner Stau vor den Aufzügen erlaubt mir, mich in eine andere Gruppe einzuschmuggeln, die statt hinunter ins erste Geschoss nach oben fährt.
Dass Amanda uns heute nicht wie gewohnt beaufsichtigt, erleichtert mein Vorhaben oder macht es überhaupt erst möglich, weil sie sofort bemerkt, wenn jemand fehlt. In dem Durcheinander von Ankommenden und Einsteigenden rolle ich unauffällig vor die

andere Fahrstuhltür, eine freundliche Mitfahrerin schiebt mich hinein, und nun bin ich im dritten Stock, in dem ich noch nie war. Der Blick durchs Fenster eröffnet eine ganz neue Perspektive. Plötzlich wird mir bewusst, dass ich eigentlich gar nicht weiß, wo sich die Klinik befindet. Ich sehe die Ausläufer einer Stadt, Hochhäuser, eine Schnellstraße, Berge im Hintergrund - eine mir unbekannte Umgebung, nichts, woran ich mich erinnere, kein Anhaltspunkt, um mich zu orientieren.

Also zum Südflügel. Das Treppenhaus mit den Aufzügen liegt im Zentrum des Gebäudes, dort, wo die drei Flügel zusammentreffen. Ich muss auf die andere Seite. Die Gruppe aus dem Fahrstuhl hat sich aufgelöst, und ich brauche nicht zu fürchten, dass ich hier oben jemandem begegne, der mich kennt, denn die einzelnen Stationen arbeiten unabhängig voneinander, Ärzte und Schwestern wechseln nur selten von einer zur anderen. Eine Tür öffnet sich lautlos, Station Süd III steht darauf, keine nähere Bezeichnung. Ich fahre durch, sie schließt sich ebenso lautlos hinter mir. Hier sieht es aus wie bei uns auf Pflegestation West I, nur das Linoleum ist blau, statt braun, und die Wände, bei uns in nüchternem Weiß, sind zartgelb getönt. Seltsam still ist es hier, niemand ist auf dem Gang unterwegs, alle Türen sind geschlossen. Das einzige Geräusch machen die Reifen meines Rollstuhles auf dem Linoleumboden.

Ich fahre bis zu Ende des Korridors, die letzte Tür steht offen, das Zimmer dahinter ist dämmrig, die Jalousien heruntergezogen. Ein einzelnes Bett steht am Fenster, ein Körper liegt bewegungslos darin. Ein Pfleger macht sich an Schläuchen und Kabeln zu schaffen, die den Körper mit einer Maschine verbinden, die anstelle des Körpers so etwas wie Lebenszeichen von sich gibt. Sie blinkt und schnauft und erzeugt einen Piepton bei jedem Herzschlag. Ich nähere mich dem Bett. Der Pfleger bemerkt mich nicht, er befestigt einen frischen Infusionsbeutel am Ständer. Das Gesicht der Frau ist blass und eingefallen. Ihre Haare bedeckt eine Kappe aus Papier. In ihre Nase und in ihren Mund mit den spröden Lippen führen Schläuche, trotzdem erkenne ich sie sofort.

Kein Zweifel, es ist Marie.

„Oh, guten Tag, ich habe Sie gar nicht bemerkt! Sind Sie eine Bekannte oder Angehörige?" Der junge Mann schaut mir freundlich und erwartungsvoll ins Gesicht. Ich nicke. „Es ist tragisch, seit ihrem Unfall vor drei Monaten liegt sie hier. Da ist nichts mehr zu machen, es sind keine Gehirnströme mehr messbar. Nur die Maschine hält sie noch am Leben."
Er schüttelt ihre Decke auf, ich sehe den abgemagerten Körper darunter. „Nett, dass Sie nach ihr schauen, obwohl sie nichts mehr davon mitbekommt. Sind Sie auch Patientin?"
Ich nicke automatisch, kann den Blick nicht von meiner Freundin wenden. Er taxiert mich kurz, „Pflege eins, Westflügel, Erdgeschoss."
Ich nicke wieder, zu etwas anderem bin ich nicht in der Lage, selbst wenn ich vorgehabt hätte, meine Tarnung aufzugeben.
„Warten Sie einen Moment, ich bring Sie zu Ihrer Station zurück, ich habe sowieso Feierabend und muss zum Ausgang West."
Ich stehe auf dem Flur und warte, bis der freundliche junge Mann in Zivilkleidung erscheint und sich mit mir auf den Weg macht, froh um die Hilfe, denn der Ausflug hat mich erschöpft und die unerwartete Begegnung mit Marie - wenn man es Begegnung nennen kann.

Das letzte Mal begegnet sind wir uns vor endlos langer Zeit. Charlotte war erst ein paar Wochen auf der Welt, Marie rief mich an, ob ich Lust hätte, mit ihr einen Kaffee zu trinken und von alten Zeiten zu reden. Seit sie von der Schule gegangen war, hatten wir uns nicht mehr gesehen. Nur ab und zu kam eine Karte aus irgendeinem Kontinent bei mir an.

Wir trafen uns in einem Café in der Stadt. Ich schob den Kinderwagen zwischen den Tischen durch, was einige Leute nötigte, aufzustehen und mit dem Stuhl beiseite zu rücken. Marie war sichtlich genervt und froh, als wir endlich saßen. Sie hatte sich kaum verändert, ihre wachen Augen, die lebhafte Art, mit der sie sich für alles und jeden interessierte, nur magerer war sie geworden, und ihr Gesicht hatte einen strengeren, irgendwie ungeduldigen Ausdruck. Pflichtschuldig warf sie einen Blick in den Kinderwagen und sagte überrascht: „Das ist aber ein besonders süßes Baby!" Charlotte schenkte Marie ihr allerschönstes Säuglingslächeln, sie war einfach unschlagbar darin, Leute für sich einzunehmen. Und Marie erzählte mir von ihrer Arbeit.

Sie war Journalistin geworden und reiste über den ganzen Erdball, am liebsten hielt sie sich in dessen unwegsamsten und gefährlichsten Winkeln auf. Anfangs war sie mit den Filmen, die sie an solchen Orten gedreht hatte, durch Stadthallen und Volkshochschulen getingelt, aber inzwischen hatte sich einen Namen gemacht. Ihre Reportagen liefen sogar im Fernsehen - ich verschwieg, dass ich noch nie eine gesehen hatte und nahm mir vor, in Zukunft auf den Namen Konrad im Programmheft zu achten. Sie berichtete von ihrem abenteuerlichen Leben, als wäre es das normalste der Welt - mit Indios im Einbaum den Amazonas hinauffahren, um, in ihrer Existenz gefährdete Ureinwohner zu filmen, oder mit dem Hundeschlitten die Arktis auf den

Spuren der Inuit durchqueren. Sie hatte es geschafft, etwas Besonderes aus ihrem Leben zu machen! Beschämt dachte ich daran, wie ich in unserer kleinen Wohnung meine Tage mit Babywickeln, Putzen, Wäsche waschen und Kochen verbrachte, kaum dass ich einmal dazu kam, ein Buch zu lesen. Was sollte ich ihr erzählen? Aber Marie ersparte mir entsprechende Fragen, es war ihr klar, dass ich nicht mit Abenteuern aufwarten konnte.

Um ehrlich zu sein, das lag nicht nur an Charlotte. Auch ohne das Kind, das mich zuhause festhielt, hätte ich kein solches Leben führen können wie sie. Nie hätte ich mich allein in ferne Länder gewagt, dazu war ich viel zu ängstlich. Eigentlich hatte ich vor fast allem Angst: vor Menschen, vor allem Unbekannten, vor Krankheiten und davor, in der Fremde verloren zu gehen. Für Marie war die Welt offen, jeder noch so entlegene Ort erschien ihr zugänglich, und sie nahm sich das Recht, überallhin zu gehen. Für mich dagegen war alles wie mit Brettern vernagelt, weiter als bis nach Lissabon bin ich nie gekommen und überall fühlte ich mich umgeben von Verbotsschildern und Gefahrenhinweisen.

Während Marie erzählte, dachte ich an unseren Kuss in dem Verschlag unter der Brücke und an das Versprechen, das wir uns gegeben hatten, und ich fragte mich, ob sie mich verachtete, ob sie enttäuscht war, dass ihre ehemalige Freundin sich auf so ausgetretenen Pfaden bewegte, statt ihr Leben selbst in die Hand zu nehmen. Sollte das der Fall gewesen sein, dann verstand sie es jedenfalls, es zu verbergen.

Und nun liegt sie hier, ist am selben Ort wie ich gelandet, aber ein paar Stufen weiter entfernt vom Leben, begraben in ihrem Körper, dessen Funktionen künstlich aufrechterhalten werden.

Auf dem Flur kommt uns Amanda entgegen. „Was ist passiert? Wo gewesen? Alle haben sich Sorgen gemacht!", ruft sie schon von weitem. Mein Begleiter erklärt ihr, er habe mich im Südflügel aufgelesen, merklich desorientiert und unfähig, mich zu artikulieren, wahrscheinlich habe mich jemand nach dem Gottesdienst in die falsche Station mitgenommen. Amanda dankt ihm und bringt mich in mein Zimmer, wo Karla uns strahlend empfängt - sie war natürlich nicht in der Kirche, dieser Zumutung verweigert sie sich jeden Sonntag durch katatonische Starre. Umso fröhlicher und aufgeräumter ist sie jetzt, wie ein Kind nach dem Schuleschwänzen. „Was machst du denn für Sachen!", begrüßt sie mich, „einfach zu verschwinden, die ganze Station war in Aufregung, nachdem die Kirchgänger ohne dich zurückkamen. Zum Glück ist Amanda seit heute Mittag wieder da, wäre sie dabei gewesen, hätte das nicht passieren können, nicht wahr, Amanda?"

Ich lasse mir ins Bett helfen, wobei mir jeder Knochen wehtut, als hätte ich eine stundenlange Wanderung hinter mir. Anscheinend bin ich doch noch nicht so gesund, wie ich mich manchmal fühle. Die Anstrengung hat mich mitgenommen. „Ab sofort lass ich euch nicht mehr so lang allein", sagt Amanda. „Meine Tochter Tanja ist wieder gesund, geht morgen wieder zur Schule. Mein Mann und ich hatten große Sorgen, aber jetzt ist alles gut, bin wieder die Alte!" Sie lächelt uns fröhlich zu, während sie aus der Tür geht. Das war also der Grund für ihre Abwesenheit und für ihre veränderte Art. Also hat sie Familie und ein Leben außerhalb der Klinik.

Karla brennt darauf, zu erfahren, wo ich gewesen bin und was ich erlebt habe. So ein unerlaubter Ausflug ist im Patientenalltag ein Abenteuer, fast wie eine Einbaumfahrt auf dem Amazonas. Aber ich kann sie nicht daran teilhaben lassen. Sie ärgert sich sichtlich darüber, dass ich ihr nicht antworten kann - in Wahrheit nicht will. Wieder einmal bin ich froh um meine Tarnung, ich möchte nicht von Marie erzählen, die im Südflügel dieser Klinik im Niemandsland zwischen Leben und Tod festgehalten wird. Wortlos drehe ich mich auf die Seite, den Rücken zu Karla, das ist unhöflich, ich weiß, aber die einzige Art ihr zu zeigen, dass ich für mich sein will. Sie versteht es und schweigt.

Turmzimmer

Finster, es ist finster, die Schwärze legt sich auf meine Augen, mein Gesicht, sie erstickt mich. Ich ringe nach Atem. Keine tröstliche Lichtlinie zwischen den Lamellen des Rolladens, alles dicht! Ich weiß, es gibt keinen vernünftigen Grund, sich vor der Dunkelheit zu fürchten, in Wirklichkeit gibt es keine Monster und keine Gespenster. Aber in meinen Träumen gibt es sie! Gerade bin ich aus einem besonders schlimmen aufgewacht. Ich versuche, den Schlaf zu vertreiben, dieser finsteren Landschaft zu entfliehen, bemühe mich, die Lider offen zu halten. Aber sie sind bleischwer, die Dunkelheit liegt darauf, greift nach mir, will mich wieder in den Traum ziehen. Meine Freundin Marie stand vor mir, ihr Kopf war abgetrennt, sie hielt ihn in den Händen, er grinste mich von der falschen Stelle des Körpers an. Und ich war schuld daran, ich wusste, nur ich allein war daran schuld - aber ich habe doch nichts getan! Ich brauche Licht, nur das Licht kann mich davor retten, wieder in diesem Traum zu verschwinden. Unsicher taste ich im Dunkeln nach dem Schalter der Nachttischlampe, erwische ihn - das Licht geht an und beweist mir, dass ich nicht mehr im Traum bin, sondern erwacht. Im Traum geht das Licht nie an, wenn man den Schalter betätigt, im Gegenteil, die Finsternis ist dann endgültig. Im Schein der Lampe sehe ich ein fremdes Zimmer, nicht mein Kinderzimmer, das ich so gut kenne, sondern ein Krankenhauszimmer, kahle Wände, neben mir ein Bett, darin schläft jemand, ich höre die Person atmen, höre Karlas raue, krächzende Atemzüge kurz vor der Schnarchattacke, die mich spätestens geweckt und aus meinem Traum gerettet hätte. Ich bin froh, nicht mehr zwölf Jahre alt zu sein und in meinem Zimmer zu liegen, der Angst ausgeliefert, die mich nach einem solchen Traum die halbe Nacht quälte, bis ich morgens unausgeschlafen und blöd im Kopf zum Frühstückstisch wankte.

Mein Zimmer lag unterm Dach gegenüber von Vaters „Turmzimmer" (so nannte er es; Mutter sagte, je nachdem, wie die Stimmung zwischen den beiden war, Studierzimmer dazu oder Rumpelkammer). Ich bezog es, als ich zwölf war, weil ich es nicht mehr mit meinem Bruder zusammen aushielt. Christoph, der sich in alles einmischte, mich beim Lernen störte, abwechselnd bewundert, bedient oder getröstet werden wollte, es aber nicht ertrug, wenn ich ihn einmal zurechtwies oder einfach nur meine Ruhe haben wollte. „Das andere Dachzimmer ist doch frei", schlug Vater vor, „wir müssen es nur ausräumen und das Gerümpel darin wegwerfen."

Meiner Mutter war es zuerst nicht recht, weil sie mich da oben nicht mehr so gut unter Kontrolle hatte, aber schließlich willigte sie ein, denn auch ihr war klar, dass das Kinderzimmer für uns beide zu eng geworden war. Also zog ich nach oben.

Das Zimmer war klein, mein Bett, mein Schrank und mein Schreibtisch, sonst passte nichts hinein. Wenn ich am Schreibtisch vor dem Fenster saß, die Ellenbogen aufgestützt, im Winter die Füße zwischen die heißen Rippen des Heizkörpers gesteckt, und über meine Schulhefte und die Dächer der Nachbarhäuser hinweg in die Ferne hinausträumte, fühlte ich mich wie in einem Raumschiff, das weit weg von der Erde im Nichts schwebt. Es war still, alle schienen vergessen zu haben, dass ich existiere, endlich war ich frei und konnte tun und lassen, was ich wollte, solange ich meinen Fuß nicht vor die Tür setzte. Aber ich brauchte die Welt da draußen nicht. Im Grunde habe ich nie viel Platz auf diesem Planeten beansprucht, ganz im Gegensatz zu

Marie, die es von einem Ende der Welt zum anderen zog. Es genügte mir, ungestört auf kleinem Raum meinen Gedanken und Tagträumen nachzuhängen.

In der Zeit, in der ich unter dem Dach meinem Vater gegenüber wohnte, klopfte ich jeden Abend bei ihm an, bevor ich zu Bett ging. Dann unterbrach er seine Arbeit - für mich war es ernsthafte Arbeit, was er in seiner „Rumpelkammer" tat, ernsthafter und wichtiger als sein Beruf, den er hasste und nur ausübte, um seine Familie zu ernähren. Er brachte es auch nicht sehr weit darin, wurde nach und nach von allen Kollegen auf der Karriereleiter überholt, und Mutter stellte ihn stets zur Rede, wenn wieder einmal eine Beförderung an ihm vorbeigegangen war. Sie warf ihm vor, nicht ehrgeizig genug zu sein, was stimmte, sein Ehrgeiz war auf andere Dinge gerichtet. „Was willst du, wir haben doch genug zum Leben", versuchte er sich zu verteidigen. Aber was genug zum Leben war, darüber gingen die Ansichten meiner Eltern ziemlich weit auseinander. Ich klopfte also an und betrat sein Heiligtum erst, nachdem er „herein" gerufen hatte, was eine Weile dauern konnte, wenn er gerade über der Formulierung eines Satzes brütete. Er schrieb schon seit Jahren an einem geheimnisvollen Buch, über dessen Inhalt er nur in ganz besonderen Momenten sprach. Es war eine Art Roman über Alles, etwas, wovon meine Mutter sagte, es interessiere sowieso keinen Menschen, habe keine Chance, jemals veröffentlicht zu werden und auch nur eine einzige müde Mark einzubringen. „So viel Zeit verschwenden für nichts und wieder nichts, anstatt mit den Kindern zu spielen, wie es andere Väter tun!" Mir genügte seine Zuwendung. Ich hatte kein Interesse daran, Mensch-ärgere-dich-nicht zu spielen oder im Sommer auf der Straße Federball, beides langweilte mich zu Tode. Aber die Buchrücken in seinem deckenhohen Regal zu studieren oder den Himmelsglobus zu drehen, während ich darauf wartete, dass er den Satz zu Ende gebracht und Zeit für mich hatte - egal ob es ein paar Minuten oder eine Stunde dauerte - das war für mich die kostbarste Zeit. Irgendwann setzte Vater mit zufriedenem Gesicht auf seiner alten Olivetti einen Punkt hinter den letzten Satz. Manchmal riss er aber auch kurz entschlossen das angefangene Blatt aus der Schreibmaschine, zerknüllte es, und warf es mit einem „Das wird heute nichts!" in den Papierkorb. Er nahm es nicht schwer, wenn es einmal nicht klappte, morgen würde es wieder besser gehen. „Störe ich dich?", fragte ich. Es war ein Ritual, denn ich kannte die Antwort: „Natürlich nicht, du störst mich nie. Worüber wollen wir uns unterhalten?" Dann schob er einen Hocker neben den Schreibtisch, ich setzte mich, er las mir ein paar Sätze aus seinem Buch vor, schweifte ab, kam über die alten Griechen zu Darwin, erzählte etwas über die Lebensweise gewisser Meeresschnecken und über eine neu entdeckte Käferart im brasilianischen Urwald, oder er zeigte mir ein paar versteinerte Muscheln, die er im nahen Kalksteinbruch gefunden hatte. Mir war unbegreiflich, wie er sich all diese Dinge merken konnte, ich hatte das meiste bald wieder vergessen oder behielt nur eine vage Vorstellung davon. Aber die Gespräche mit ihm erfüllten mich mit der Gewissheit, dass die Welt groß und unergründlich ist und es unendlich viele Dinge darin gibt, die zu wissen und über die nachzudenken sich lohnt.

Ich liebte auch unsere enzyklopädischen Spaziergänge, zu denen wir nur Gelegenheit hatten, wenn wir es schafften, uns vor dem allsonntäglichen Familienprogramm - gemeinsames Kaffeetrinken, Ausflug zum Baggersee, Besuch bei den Großeltern - zu drücken, und Mutter sich überreden ließ, mit Christoph allein wegzufahren. Wir gingen jedes Mal einen anderen Weg, Vater prüfte meine Kenntnis der heimischen Baumarten - Buche, Esche, Ahorn, Stieleiche, Traubeneiche - machte mich auf seltene Pflanzen am Wegrand aufmerksam, erklärte mir die geologische Beschaffenheit des Bodens und ließ mich Vogelstimmen erkennen - das aufgebrachte Gezwitscher des Zaunkönigs, die Begeisterungsrufe der Lerchen, wenn sie in den Himmel stiegen, und ganz selten, mitten im Wald, den Flötenruf eines Pirols. Dann suchten wir mit den Augen die Baumkronen ab - meist vergeblich - um einen Blick auf den schönen, schwarzgelben Vogel zu werfen. Manchmal blieben wir einfach eine Weile stehen, schnupperten die frühlingswarme Luft mit ihren vielfältigen Gerüchen, lauschten dem Vogelgezwitscher, ausnahmsweise einmal ohne uns die dazugehörigen Namen vorzusagen, und fühlten uns in dem grünen Licht, das durch junge Buchenblätter fiel, wie auf dem Grund eines klaren Sees.

Mein Vater starb, kurz nachdem ich mein Studium beendet hatte. Mutter rief früh morgens mit belegter Stimme an. Er sei in der Nacht mit einem schweren Herzinfarkt ins Krankenhaus gebracht worden und liege auf der Intensivstation. Ich fuhr sofort nach Hause. Vater lag mit zwei anderen Patienten in einem Zimmer, die Betten waren durch Stellwände voneinander getrennt. Sein Gesicht auf dem Kissen war schmal und eingefallen, die Nase sprang scharf daraus hervor, seine Züge waren mir plötzlich fremd, der freundliche weiche Zug war daraus verschwunden. Mit seinen hellen, eng beieinander liegenden Augen sah er mich an, als dulde er keine unnötigen Worte mehr und habe keine Zeit für etwas anderes als die Wahrheit. Ich blieb am Fußende des Bettes stehen und ließ das EKG nicht aus den Augen, das über seinem Kopf den Herzrhythmus anzeigte, eine grüne zackige Linie, die unaufhörlich von links nach rechts lief, ans Ende kam und wieder neu ansetzte und jeden Schlag mit einem Piepton markierte. Ich hatte Angst, sie könnte im dem Moment aufhören, in dem ich wegsah. Mutter setzte sich neben Vater auf die Bettkante, nahm seine Hand und versuchte, ihm oder vielmehr sich selbst Mut zuzusprechen. Aber er reagierte nicht darauf, er sah unverwandt in meine Richtung. Als wir für ein paar Minuten allein waren, weil Mutter mit dem behandelnden Arzt sprach, winkte er mich zu sich heran. „Ich werde hier nicht mehr rauskommen", flüsterte er. „Deine Mutter will es noch nicht begreifen, aber es ist die Wahrheit, ich fühle es, wozu darum herumreden." Ich wusste nicht, was ich antworten sollte.

„Ich bin nicht traurig, dass es jetzt vorbei ist", fuhr er fort, „mein Leben war schön, ich hätte mir kein anderes gewünscht. Schade nur, dass ich mein Buch nicht zu Ende schreiben kann."

Er schloss die Augen, das Sprechen hatte ihn erschöpft, dann sah er mich wieder an mit seinem hellen Blick. „Weißt du noch, der Segelfalter in Vaison la Romain?" Ich nickte und lächelte ihn an. „Lass dir die Welt nicht klein reden", sagte er „und vergiss unsere Gespräche im Turmzimmer nicht!"

Charlotte ist gekommen. Heute habe ich nicht mit ihr gerechnet, allmählich bringe ich die Wochentage wirklich durcheinander. Sie hat Lilly mitgebracht. Meine Enkelin hat ein Bild für mich gemalt, stolz hält sie es hoch, damit ich es sehen kann, und ich muss zugeben, es wirft mich um, obwohl ich im Bett liege: Lilly hat den Segelfalter gemalt! Groß und schön, blassgelb mit schwarzen Streifen, zwei hellblaue Augen auf orangefarbenem Grund, die gezackten Hinterflügel mit den blauen Halbmonden laufen in zwei schmalen Spitzen aus. Sie muss ihn aus meinem Schmetterlingskasten abgemalt haben. Also erinnert sie sich an unser Gespräch von damals und es ist etwas hängen geblieben. Sie will es mir mit diesem Bild mitteilen! Ich habe sie also ein bisschen angesteckt mit meiner und Vaters Begeisterung für Schmetterlinge. Außerdem stelle ich fest, dass sie gut malen kann! Wer weiß, vielleicht wird ja mal etwas daraus. Wahrscheinlicher ist allerdings, dass sie es spätestens mit fünfzehn wieder aufgibt. Aber immerhin: der Segelfalter!

Meine Tochter holt sich von Amanda die Erlaubnis, mit mir in den Klinikgarten zu gehen. Amanda hilft mir aus dem Bett, zusammen mit Charlotte zieht sie mir Ausgehkleider an und hievt mich in den Rollstuhl. Dann schiebt meine Tochter mich zum Treppenhaus, und wir fahren ins Erdgeschoß hinunter. Lilly tut geheimnisvoll, die beiden wollen mir anscheinend etwas zeigen. Unten im Garten drückt Charlotte ihrer Tochter den Autoschlüssel in die Hand: „Geh ihn holen!" Nach ein paar Minuten erscheint Lilly mit einem kleinen schwarzen Hund an der Leine. Er ist höchstens fünf Wochen alt, springt neben ihr her und beißt in die Leine. „Das ist Toby", sagt sie voller Stolz und setzt ihn mir auf den Schoß. Ich mag Hunde, besonders so kleine - weiches Fell, kalte Schnauze. Er leckt meine Hand, und beinahe rutscht mir etwas so Idiotisches heraus wie „Ach, ist das ein süßer kleiner Kerl", ich kann mich gerade noch beherrschen. „Die Kinder haben sich so sehr einen Hund gewünscht, und wir dachten, es ist gut für sie, Verantwortung zu übernehmen", entschuldigt sich Charlotte, während sie mich in den Schatten schiebt. Sie setzt sich neben mich auf einen der Gartenstühle, die überall herumstehen, und sieht zu, wie Lilly und Toby über den Rasen um die Wette rennen. Zum Glück ist das hier erlaubt, ich sehe von oben öfter Kinder durch den Klinikgarten toben. Ich mag Hunde wirklich, und wenn ich wieder gesund bin, werden sie mir Toby in Pflege geben, wenn sie in den Sommerurlaub fliegen - falls ich wieder gesund werde.

Lilly stürmt mit Toby den Hügel zu den alten Bäumen hinauf. Der kleine Hund neben ihr versucht, in ihre Schuhe zu beißen, verwickelt sich in die Leine und fällt hin. Sie hebt ihn lachend auf und küsst ihn - sie sieht ihrer Mutter ähnlich, blonde Locken fallen in ihre Stirn - während Toby ihr übers Gesicht leckt. Bald wird sie erwachsen, und irgendwann da ankommen, wo ich jetzt bin, das Leben wird ihr aus der Hand gleiten, und sie wird denken, es hat doch eben erst angefangen. Noch ist sie ahnungslos und glaubt, dass alles immer so bleiben wird. Auf einmal fühle ich mich eingesperrt in meinem Körper wie in einer Zwangsjacke, das Atmen fällt mir schwer. Mein Körper, der einmal jung war und so selbstverständlich mir gehörte, dass ich ihn gar nicht wahrnahm, kündigt mir die Zusammenarbeit auf, macht sich gewissermaßen selbständig nach jahrzehntelangem Dienst und zeigt mir, dass ich keinen Anspruch auf seinen Gehorsam habe. Seine biologischen Gesetze interessieren sich nicht im Geringsten für das kleine Mädchen in mir, das jetzt am liebsten die Wiese hinauf rennen möchte.

Vater vermachte mir alles aus seinem Studierzimmer. Christoph hatte nichts dagegen, er könne mit dem Zeug nichts anfangen, sagte er. Solange meine Mutter lebte, ließ ich das Zimmer, wie es war und hielt mich nur darin auf, wenn ich ein paar Tage zu Besuch war. Später nahm ich die Bücher zu mir und die Schmetterlinge. Alles andere hatte in unserer Wohnung keinen Platz, ich

schenkte das meiste der Schule, obwohl der Himmelsglobus und die alten Landkarten sich seltsam ausnah-
men in der Lehrmittelsammlung. Aber manchmal, wenn
es passte, holte ich sie für eine Unterrichtsstunde heraus
und nutzte die Gelegenheit, meinen Schülern die Welt
durch die Augen meines Vaters zu zeigen.

Als ich den alten Schreibtisch ausräumte, fand ich das
Manuskript. Ich hatte überhaupt nicht mehr daran
gedacht, über fünfhundert maschinenbeschriebene, von
Hand korrigierte Seiten, die Arbeit von Jahrzehnten, ein
Lebenswerk. Ich nahm es mit nach Hause und begann
darin zu lesen. Es war eine seltsame Mischung aus
Tagebuch, Autobiographie, naturwissenschaftlicher
Abhandlung und Aphorismensammlung. Vater hatte auf
dieselbe Weise geschrieben, wie er sich mit mir unterhalten hatte: Von einem Thema zum nächsten
springend, Assoziationen folgend, abschweifend,
ausschmückend. Aber ich entdeckte noch etwas anderes,
einen Zug, den ich nicht an ihm gekannt hatte: Mein
sanfter, zurückhaltender, stets freundlicher und hilfs-
bereiter Vater war ein gnadenloser Beobachter gewesen.
Geradezu genüsslich durchschaute er die Menschen
seiner Umgebung und ließ kein gutes Haar an ihnen.
Dabei nahm er sich selbst nicht aus. Seine liebens-
würdige Art war Tarnung gewesen, eine Maske, hinter
der er sein misanthropisches Wesen verbarg. Und weil
sie ihn nicht ernst nahmen, sondern für einen liebens-
würdigen Dummkopf hielten, brachte er die Leute dazu,
ihm ihr wahres Gesicht zu zeigen. Auf die heftigsten
Ausfälle folgten wieder liebevolle Naturschilderungen,
die Stimmung einer Landschaft in ein paar Sätzen
eingefangen, genaue Beschreibungen eines schlüpfen-
den Schmetterlings oder über Wochen hinweg fast
romanhaft die Entwicklung eines Frosches, beobachtet
an einem kleinen Klumpen Laich in einem Einmachglas

auf seinem Schreibtisch. Kurz, Vaters geheimnisvolles Buch war ein unmögliches Sammelsurium, unübersichtlich, ohne System und ohne greifbaren Inhalt. Nach hundert Seiten gab ich auf, packte das Konvolut wieder in die Mappe, in der er es aufbewahrt hatte, und verbannte es in eine Schublade meines Schreibtisches. Ich mochte es mir damals nicht eingestehen, aber ich war meinem Vater böse, ich nahm es ihm übel, dass er kein geheimes Meisterwerk geschaffen hatte, das ich nun entdecken und vielleicht sogar an einen Verlag geben konnte. Insgeheim hatte ich gehofft, dass postumer Erfolg sein fehlgeschlagenes Leben im Nachhinein rechtfertigen würde. Aber nun musste ich wider Willen meiner Mutter Recht geben, die nichts von seinen schriftstellerischen Ambitionen gehalten hatte, und für die das nur Schrullen eines weltfremden Eigenbrötlers waren, die ihn davon abhielten, sich dem Leben zuzuwenden.

„Papi hat angerufen", sagt Charlotte noch im Hinausgehen, nachdem sie mich gemeinsam mit Amanda wieder ins Bett gebracht hat. „Ich soll dich herzlich von ihm grüßen und dir gute Besserung wünschen." Dass sie immer noch Papi sagt, wenn sie von ihrem Vater spricht, erscheint mir seltsam kindlich, aber sie hängt sehr an ihm. Seine Liebe musste aufwiegen, dass ich keine innige Beziehung zu ihr entwickeln konnte.

Testament

Nachdem sie gegangen ist - Lilly war schon mit dem Hund zum Auto gelaufen - muss ich in der Mittagsschwärme eingeschlafen sein, denn die Stimme von Karlas Schwiegertochter reißt mich aus einem wohlig traumlosen Schlummer. Sie hat eine kalte, fast mechanische Stimme, die in metallisches Kreischen umschlägt, sobald sie sich aufregt, was häufig der Fall ist, auch jetzt. Ich drehe den Kopf und sehe sie an. Sie bemerkt nicht, dass ich wach bin und die Szene beobachte, die sie nun aufführt. Oder es ist ihr egal, oder vielleicht genießt sie es sogar, vor mir als Zuschauerin ihren Charakter zu offenbaren, vielleicht will sie, dass endlich jemand sie so sieht, wie sie wirklich ist. Karla liegt teilnahmslos im Bett und starrt zur Decke wie meistens in letzter Zeit. Ich mache mir Sorgen um sie, die Demenz scheint rapide fortzuschreiten, aber das interessiert diese Frau nicht, die wie eine Furie am Fußende des Krankenbettes steht und ihre Schwiegermutter beschimpft. Jetzt nimmt sie ein Blatt Papier aus ihrer Handtasche, entfaltet es und hält es vor Karla hin, als könnte die es sehen oder gar lesen. „Du hast wohl gedacht, ich finde dieses verdammte Testament nicht? Ich wusste doch, dass es existiert. Du dachtest, du bist besonders schlau, versteckst es in einem von deinen tausend Schwarten, die im Regal stehen. Goethe, dass ich nicht lache. Natürlich habe ich da zuerst gesucht, wo sonst bei einer wie dir, die ihre so genannte ‚Bildung' vor sich her trägt!"
Triumphierend schwenkte sie das Testament. „Da will sie dieser kleinen Schlampe doch tatsächlich das Haus vermachen, den größten Batzen in ihrem ganzen Nachlass, und uns mit den paar Wertpapieren abspeisen. ‚Damit Sarah ein Zuhause hat', mir kommen die

Tränen, diese Erbschleicherin und Möchtegern-Künstlerin. Immer hast du deine Tochter bevorzugt. Dein Sohn konnte dir nie etwas recht machen. Und nun ist Sarah dein Liebling, und unsre Jungs schaust du nicht an. Aber das hat sich erledigt, schau mal, was ich jetzt mache!" Genüsslich zerreißt sie das Blatt Papier. Karla schaut ungerührt zur Decke, derweil ich die Augen aufreiße, ob so viel Bosheit. Gleichzeitig muss ich mir das Lachen verbeißen, denn es ist unglaublich komisch, wie diese Frau mit vor Hass verzerrten Zügen vergeblich versucht, ihrer teilnahmslosen Schwiegermutter die jahrelange Zurücksetzung heimzuzahlen. Ich kenne Klara inzwischen gut genug, um mir auszumalen, wie sie bei jeder Gelegenheit merken ließ, was sie von der Frau ihres Sohnes hält. Die Frau kann einem leid tun, nicht nur wegen ihrer gehässigen Schwiegermutter, sondern vor allem, weil es schrecklich sein muss, sein Leben in so völliger Leere zuzubringen. Sie stopft die Fetzen des Testaments in ihre Tasche, kostet noch einen Moment ihren einsamen Triumph aus und stolziert aus dem Zimmer.

Dass ein Stück des zerkleinerten Dokuments zu Boden gefallen und unter Karlas Bett gerutscht ist, hat sie nicht bemerkt. Jetzt muss ich etwas tun, sonst landet der einzige Beweis für Karlas letzten Willen in der Mülltonne. Das heißt, ich muss aufstehen. Langsam richte ich mich auf, dann lasse ich vorsichtig zuerst ein Bein, danach das andere über die Bettkante rutschen, nehme meinen Mut zusammen und stelle mich auf die Füße. Meine Knie sacken ein bisschen weg von der ungewohnten Belastung, ich versuche, mich gerade zu halten und wage den ersten Schritt. Es geht! Oder vielmehr: Ich gehe! Quer durchs Zimmer zum Fenster und wieder zurück. Ein wenig schwach und wacklig, wie als Kind beim ersten Aufstehen nach einer Grippe. Ich halte mich an Karlas Bettgestell fest, angle mit der Linken nach dem Papier und bekomme ein Stück der zerrissenen Seite zu fassen genau die richtige Stelle des Testaments: „...nsteinstraße Nr. 5 vermache ich meiner Enkelin Sarah". Karlas Unterschrift und ein Datum vor zwei Jahren. Es wurde also noch zu Zeiten ihrer geistigen Klarheit abgefasst. Hoffentlich reicht dieser Beweis, zusammen mit dem, was Karla mir erzählt hat, um die Pläne der Schwiegertochter zu durchkreuzen. Nun aber schnell wieder ins Bett, ich höre Schritte auf dem Flur, lasse das Papier in der Nachttischschublade verschwinden und lege mich hin.

Die Tür fliegt auf!

Ich habe die Bettdecke bis unters Kinn gezogen und die Augen geschlossen, wie damals als Kind, wenn ich nachts verbotenerweise gelesen hatte und Mutter unvermutet hereinkam. Mich schlafend zu stellen war meine Spezialität, auch bei anderen Gelegenheiten - zum Beispiel, wenn Christoph mit der Spielekiste ankam. Ich beherrschte es bis zur Perfektion, einschließlich leicht geöffnetem Mund und regelmäßigen Atemgeräuschen. Drei Ärzte in weißen Kitteln reihen sich neben meinem Bett auf. Zwei davon kenne ich, den Stationsarzt und seinen Assistenten. Der dritte, ein junger sonnenbankgebräunter Mensch, unverkennbar der Chef der beiden anderen, ist mir bis jetzt noch nicht begegnet. Er hält eine Kladde in der Hand und blättert darin. (Ich muss ergänzen, dass zum Sich-schlafend-Stellen unverzichtbar das Unter-den-Lidern-Hervorschauen gehört, eine Fertigkeit, in der ich ebenfalls kindheitslange Übung habe.)
Während der Chefarzt seine Unterlagen studiert und die beiden neben ihm devot schweigen, kommt Amanda

herein und stellt sich an mein Fußende. Sie sieht mich an, ich überlege, was sie wohl denkt, da klappt der Arzt die Kladde zu. „Der Zustand von Frau Baumgart gibt mir einige Rätsel auf." Frau Baumgart, wie fremd der Name klingt. Dabei ist es mein Mädchenname, den ich nach der Scheidung wieder angenommen habe, er müsste mir doch vertraut sein. Eigentlich ein schöner Name. Baumgart - ich sehe einen Garten mit Obstbäumen vor mir. Dabei fällt mir auf, dass mein Vorname Klara ein Anagramm von Karla ist, also haben wir beide den gleichen Namen, gewissermaßen. Die scharfe, respektheischende Stimme des Chefarztes unterbricht meine Gedanken.

„Die Patientin ist vor zehn Tagen mit Verdacht auf Schlaganfall eingeliefert worden."

Zehn Tage? Das kann nicht sein, ich bin doch viel länger hier!

„Ich habe mir die CT nochmals angesehen und kann die Diagnose nicht bestätigen, es sind nicht die typischen Gewebeveränderungen sichtbar. Andererseits lassen die Symptome auf Schädigung einiger Hirnfunktionen schließen. Schläft sie?", fragt er Amanda.

„Patientin hat vor einer Stunde Beruhigungsmittel bekommen, war sehr unruhig und angespannt."

Das ist glatt gelogen, warum sagt sie das?

„Gut, wir werden sie weiter beobachten, ich nehme doch nicht an, dass wir es bei Frau Baumgart mit einer Simulantin zu tun haben." Er sieht mich prüfend an, aber mein Gesicht bleibt reglos und entspannt.

„Bei der nächsten Visite werde ich entscheiden, ob wir sie zu unseren Kollegen in die Psychosomatik überstellen. Nun zu der anderen Patientin" - die drei wenden sich Karla zu - „ihr Zustand hat sich deutlich verschlechtert. Ich denke, wir werden sie in den Südflügel verlegen, sobald dort ein Bett frei ist."

Simulantin, das Wort schmerzt mich, obwohl es den Sachverhalt zutreffend bezeichnet: Ich liege hier in einer Klinik, gebe vor, nicht gehen und nicht sprechen zu können, lasse mich von freundlichen Schwestern füttern, waschen und im Rollstuhl herumfahren - und bin wahrscheinlich völlig gesund. Aber das Wort trifft noch in einem ganz anderen, viel umfassenderen Sinn auf mich zu. Genau genommen war ich mein ganzes Leben lang Simulantin, als Tochter, als Schwester, als Ehefrau und Mutter. Das waren Rollen, die ich gespielt habe. Ich selbst war ich vielleicht nur, wenn ich allein war, wirklich allein. Oder bei den Gesprächen mit meinem Vater, in den Stunden, die ich mit Marie verbrachte - mit Niko - dem Waldmädchen - und natürlich mit Stella, meiner Lieblingsschülerin. Aber da ist noch etwas mit diesem Wort, etwas, woran ich mich nicht erinnern will, eine dunkle Stelle.

Amanda kommt herein, stellt sich wieder ans Fußende meines Bettes und sieht mich an. „Danke", sage ich vorsichtig, als hätte ich Grund zu der Befürchtung, dass Sprechen Schmerzen verursacht. Meine Stimme klingt ein bisschen kratzig, aber sonst ganz normal. Ich erkenne sie wieder, es ist meine Stimme, und wie immer macht es mich unsicher, nicht zu wissen, wie sie für jemand anderen klingt. Ist es eine warme, sympathische Stimme? Oder hat sie Ähnlichkeit mit der von Karlas Schwiegertochter? „Bitte verraten Sie mich nicht, ich brauche noch ein bisschen Zeit." Amanda nickt. „Werde Sie aber nicht mehr im Rollstuhl herumfahren! Und ab sofort jeden Tag auf die Beine! Ich helfe Ihnen, erst im Zimmer, später draußen auf der Station!"

„Da ist noch etwas!" Ich hole das Testament-Fragment aus der Schublade und versuche, Amanda in Kurzfassung Karlas Familiendrama zu schildern. Sie setzt sich auf meine Bettkante und hört aufmerksam zu. Dann betrachtet sie Karlas Worte auf dem Papier. „Da müssen wir was tun. Ich frage Bekannten, ist Rechtsanwalt. Karla geht es nicht gut, sie sollte mal wieder aufwachen, vielleicht mit anderen Medikamenten." Sie steckt das Blatt ein und geht aus dem Zimmer.

Simulantin

Das Wort „Simulantin" lässt mich nicht los. Einmal traf es wirklich zu. Einmal habe ich einen meiner Anfälle vorgespielt und damit eine Schulstunde gesprengt. Das war mit fünfzehn, in dieser Zeit war ich aufsässig, in der Schule und Zuhause. Das brave Mädchen stürzte etwas spät, aber dafür umso heftiger in die Pubertät. Ich wusch mir die Haare nicht mehr, riss Löcher in meine Jeans, trug bei Sonne und Regen meine abgewetzte Parka und gab patzige Antworten - harmlos im Vergleich zu dem, was sich heutzutage in manchen Familien abspielt. Meine Mutter, die stets Wert darauf legte, gut gekleidet zu sein, beklagte sich jeden Morgen, dass ihr zugemutet wurde, mit ihrer vergammelten Tochter am Frühstückstisch zu sitzen. Vater nahm es mit Humor, vielleicht bemerkte er es auch gar nicht, weil er mit seinen Gedanken woanders war. Im Übrigen war es ihm sowieso egal, wie man sich anzog, er trug jahraus jahrein dieselbe braune Cordhose. Mutter versuchte auf alle erdenklichen Arten, mich von meinen Kleidungsvorlieben abzubringen, wechselweise sprach sie mir die Individualität ab - „Du machst ja nur, was alle dir vormachen! Alle laufen in dieser Einheits-Protest-Kluft herum, wie langweilig!" Oder sie packte mich bei meiner Eitelkeit - „Du ist doch so ein hübsches Mädchen, ich verstehe nicht, warum du dich unter deinen Zottelhaaren und deiner hässlichen Parka versteckst!" Ich verweigerte die Antwort, setzte mein mürrisches Gesicht auf, nahm meine Schultasche und machte, dass ich hinauskam.

Ach, es war eine zahme, schüchterne Aufsässigkeit, die wir praktizierten. In der Schule hingen unsere Parkas brav nebeneinander am Kleiderhaken, und wir saßen ebenso brav in der Schulbank und ließen uns von den

Lehrern maßregeln. Alle außer Niko! Der trug keine Parka, sondern seinen schwarzen Ledermantel, und niemand hätte gewagt, es ihm nachzumachen. Vielleicht wollte ich auch nur Niko imponieren mit der Vorstellung, die ich eines Tages im Biologieunterricht abzog. Unser Biologielehrer war ein missmutiger, humorfreier Mensch, der stets im dunklen Anzug mit Weste erschien und uns gerne vor versammelter Klasse abkanzelte, wenn wir unsere Wissenslücken und unser mangelndes Interesse am Stoff offenbarten. An diesem Tag ging es um den Zusammenhang von Geisteskrankheit und genialer Begabung, da war er ganz in seinem Element. Zum Glück saß ich immer auf dem letzten Platz am Mittelgang, genau der richtige Ort für das, was ich im Sinn hatte. Zunächst stieß ich einen Würgelaut aus. Ich glaube, der gelang mir wirklich gut. Alle Köpfe fuhren augenblicklich zu mir herum. Ich fasste mir an den Hals, ließ mich auf den Boden fallen - vorsichtig, aber ich schlug mir trotzdem den Kopf an der Stuhllehne an, was meine Wut noch verstärkte und das Ganze noch echter aussehen ließ - und begann, mich auf dem Boden in Krämpfen zu winden. Es gelang mir, mit dem Rest Speichel in meinem, vor Angst ganz trockenen Mund ein bisschen Schaum zu produzieren, dann blieb ich stocksteif liegen und verdrehte die Augen. Jetzt saß ich in der Falle. Ich konnte nicht mehr tun, als abwarten, ob meine Vorstellung überzeugt hatte oder ein Gelächter einsetzen würde.

Aber ich muss gut gewesen sein, zumindest zur Simulantin hatte ich Talent. Ein paar Sekunden herrschte Stille, dann standen die ersten auf und umringten mich in respektvollem Abstand. Schließlich stand die ganze Klasse um mich herum, neugierig, mitfühlend und froh über die Unterbrechung. „Macht Platz!", tönte nun unser Lehrer, der seine Fassung wieder gefunden hatte, und bahnte sich einen Weg zu mir. „Ein epileptischer Anfall, eindeutig, ich kenne die Symptome! Unsere junge Freundin hier leidet offensichtlich an der Krankheit der Genies - bedauerlicherweise ohne an deren positiver Kehrseite zu partizipieren."

Er schickte jemanden zum Sekretariat, um einen Notarztwagen zu rufen, schob eine Schultasche unter meinen Kopf und deckte mich mit zwei Parkas zu - der schwarze Ledermantel wäre mir lieber gewesen.

Nun kam der schwierigste Teil. Ich hatte keine Ahnung vom typischen Verlauf eines epileptischen Anfalls, also blieb ich einfach in meiner verkrampften Stellung liegen und versuchte, möglichst falsch zu atmen. Zum Glück war keiner schlauer als ich, und nach quälenden Minuten kamen zwei Sanitäter herein, legten mich auf eine Bahre und trugen mich weg. Einer gab mir eine Spritze, die mich benommen machte, sodass ich nichts mehr vorspielen musste. Im Krankenhaus untersuchte man mich gründlich und ohne Ergebnis, behielt mich zwei Tage zur Beobachtung da und schickte mich wieder nach Hause.

Niemand hatte mein Spiel durchschaut. Aber Mutter gab nun keine Ruhe mehr. „Das ist nun schon das dritte Mal, dass sie so einen Anfall hat, irgendwas stimmt mit dem Mädchen nicht, wir sollten etwas unternehmen!", redete sie auf Vater ein. Der reagierte zuerst nicht, wiegelte ab, schob es auf die Pubertät. Aber Mutter ließ nicht locker. Eines Tages kam sie mit etwas Neuem. „Meine Freundin Hanne kennt da eine hervorragende Psychotherapeutin", verkündete sie am Mittagstisch, „die soll sich Klara mal ansehen. Wir können doch nicht so tun, als wäre nichts gewesen, vielleicht steckt etwas Schwerwiegendes dahinter, und später machen wir uns Vorwürfe." Vater willigte ein, wahrscheinlich, um endlich seine Ruhe zu haben.

Es wurden zehn Sitzungen vereinbart, zwei Mal die Woche. Das werde ich auch überstehen, dachte ich, mir fällt schon ein, was ich ihr erzähle. Mutter brachte mich hin, sprach ein paar Worte mit der Therapeutin, während ich im Vorzimmer wartete, dann lächelte sie mir aufmunternd zu und ließ mich mit ihr allein. Ich betrat das Behandlungszimmer, einen kleinen, gemütlich eingerichteten Raum mit verschiedenen bequemen Sesseln, einer Papiermond-Lampe, wie sie damals überall hingen, brennenden Kerzen und Miniaturfiguren antiker Götter auf kleinen, mit bunten Tüchern bedeckten Tischchen und gemusterten Teppichen auf dem Boden und an den Wänden. Die Psychologin, eine Frau Anfang vierzig, füllig, mit freundlichem Gesicht, begrüßte mich und bat mich, mir eine Sitzgelegenheit auszusuchen. Sie selbst saß mit übereinander geschlagenen Beinen in einem abgewetzten Großvatersessel, einen Stift in der Hand und einen Schreibblock auf den Knien. Ich musterte flüchtig die verschiedenen Sitzmöbel und entschied mich für das am weitesten von ihr entfernte. Sie fragte mich nach Namen, Alter, Hobbys, wie es in der Schule sei, wie ich mit meinen Klassenkameraden auskäme - wenn das alles ist, dachte ich, das sitzt du locker ab. Sie schenkte Tee ein, stellte mir eine Tasse hin, und wir plauderten weiter. Sie war mir sympathisch, mit ihrer selbst gestrickten Jacke und dem Schlabberrock schien sie eine von uns zu sein. Anscheinend gehörte sie nicht zu den Erwachsenen mit ihren Kleidervorschriften, vielleicht stand sie ja gar nicht auf der anderen Seite, vielleicht verstand sie meinen Zorn auf die Lehrer, meine Abneigung gegen die Ansprüche meiner Mutter, meinen Wunsch, allein zu sein und in Ruhe gelassen zu werden. Nach der dritten Sitzung fasste ich Vertrauen zu ihr und begann zu erzählen. Ich gestand, dass ich den Anfall nur vorgetäuscht hatte, erzählte von meinen Levitations-Erlebnissen am Strand von La Ciotat und auf der Waldwiese, von den Gesprächen mit meinem Vater und von seinem Buch, das ich so bewunderte.

Und ich erzählte ihr vom Waldmädchen.

Sie unterbrach mich nie, machte Notizen, während ich sprach, fragte manchmal etwas, ließ mich meistens reden. Ich offenbarte ihr meine tiefsten Geheimnisse. Dann waren die fünf Wochen um, sie drückte mir die Hand zum Abschied, lächelte freundlich und brachte mich zur Tür. Ich war traurig, dass diese Gespräche zu Ende waren, da ich mich von ihr verstanden und bestätigt fühlte, und erleichtert war, dass sie mich mit meinen Fehlern und Eigenheiten, meiner Wut und meiner Phantasie akzeptierte und nicht ständig etwas von mir erwartete wie meine Mutter.
Zwei Wochen später kam ein Brief von ihr. Er blieb unbeachtet auf dem Küchentisch liegen. Das war ungewöhnlich, denn Mutter sah jeden Tag die Post durch, aber sie hatte wohl mit dem Absender nicht gleich etwas anfangen können. Da lag er also noch, als wir schlafen gingen, und dass ich ausgerechnet in dieser Nacht Durst bekam, aufstand und in die Küche hinunterging, um ein Glas Sprudel zu trinken, war ein rettender Zufall. Ich entdeckte den Brief, während ich meinen Sprudel trank, und öffnete ihn vorsichtig, damit ich den Umschlag wieder zukleben konnte, ohne dass meine Eltern sahen, dass ich den Brief gelesen hatte. Natürlich war ich neugierig, zu welchem Urteil meine nette Therapeutin gekommen war. Sie bescheinigte meinen Eltern mit freundlichen Grüßen, dass ihre Tochter an einer Border-line-Persönlichkeitsstörung mit Tendenz zu Wahnvorstellungen litt und empfahl einen dreimonatigen Aufen-

thalt in einer psychosomatischen Klinik, um zunächst meine antisoziale Grundhaltung durch intensive Gruppenarbeit zu kurieren. Danach könne mit der eigentlichen Therapie begonnen werden. Wegen der Anfälle allerdings bräuchten sie sich keine Sorgen machen, sie seien nur vorgespielt. Bedingt durch ein zum Krankheitsbild gehörendes übersteigertes Geltungsbedürfnis, sei ich eine notorische Lügnerin und Simulantin.

So war das also, nun wusste ich endlich über mich Bescheid. Ich hatte mich für etwas Besonderes gehalten, aber in Wirklichkeit war ich nur ein durchgeknalltes junges Mädchen, das seinen Eltern und dem Rest der Welt Probleme machte. Wenn ich den Brief richtig verstand, lief es darauf hinaus, dass ich von mir selbst geheilt werden sollte. Danach würde nichts mehr von mir übrig sein. Der Brief musste verschwinden, oder besser: ich musste ihn umschreiben. Im Arbeitszimmer meines Vaters zog ich das Blatt, das er am Abend angefangen hatte, aus der Schreibmaschine und verfasste eine Lobeshymne auf mich selbst. Der letzte Satz gefiel mir besonders gut: "Sie können stolz auf Ihre Tochter sein, ihre lebendige und eigenwillige Imaginationskraft ist eine gute Ressource für ihr späteres Leben. Sie braucht keine Psychotherapie und wird ihren Weg machen!" Das musste einfach mal gesagt werden! Sorgfältig pauste ich die Unterschrift ab, steckte mein Werk in den Umschlag, klebte ihn zu, sodass er wie neu aussah, und legte ihn auf den Küchentisch. Zum Glück fiel mir noch ein, Vaters angefangenes Blatt wieder in die Maschine zu fädeln. Am folgenden Tag verbrannte ich den Originalbrief heimlich im Garten.

Waldmädchen

Ich habe nie wieder jemandem vom Waldmädchen erzählt. Manchmal kommen mir Zweifel, ob ich diese Geschichte tatsächlich erlebt habe, oder ob sie doch eine Wahnvorstellung war.

Wir verbrachten die Sommerferien auf einem Bauernhof im Schwarzwald. Das weitläufige Haus mit den Ställen und Scheunen und dem großen, gepflasterten Hof lag in einer Talsenke, außer Sichtweite des Dorfes, umgeben von Wiesen und Obstbäumen. Hinter dem Haus zog sich eine Weide den Hang hinauf bis zum Waldrand, Kühe grasten dort, das Bimmeln der Kuhglocken war das sanfte Hintergrundgeräusch unserer Ferienstimmung. Christoph verstand sich gut mit den beiden Söhnen der Bauernfamilie, den ganzen Tag über war er mit ihnen auf den Wiesen, im Hof und in den Ställen unterwegs. Mein Vater half beim Reparieren des Traktors und beim Holzhacken. Er genoss die körperliche Arbeit, zersägte dicke Fichtenstämme mit der Motorsäge in handliche Stücke, legte sie auf den großen Hackklotz in der Mitte des Hofes und schlug mit Inbrunst die Axt hinein, um sie zu ofentauglichen Scheiten zu verarbeiten. Mutter machte sich im Haus nützlich, wo alle arbeiteten, konnte sie nicht untätig herumsitzen. Sie half beim Wäschewaschen, Kochen und Einwecken oder jätete Unkraut im Gemüsegarten. Ich verschwand gleich nach dem Frühstück, bevor jemand auf die Idee kommen konnte, mir irgendeine Arbeit zuzuweisen. Mit einem Buch schlüpfte ich durch die Hintertür neben der Waschküche, kroch unter dem Kuhzaun durch - vorsichtig, um keinen Stromschlag zu erwischen - und rannte die Weide hinauf bis zum Waldrand, indem ich frischen Kuhfladen auswich und die von vielen Hufen getrampelten, quer zum Hang verlaufenden Pfade als

Treppenstufen benutzte. Oben war ich außer Sichtweite. Ich ließ mich zu Boden fallen, blieb eine Weile auf dem Rücken liegen und schaute in den leeren blauen Himmel, bis mein Atem wieder ruhiger ging. Im Rücken spürte ich Grasbüschel, von der Sonne erwärmt und am Grunde feucht, es roch nach Erde und irgendwelchen wilden Kräutern - Dill? Pfefferminze? Kerbel? - und natürlich nach Kuhdung. Über mir streckte eine alte Eiche die Äste aus, ich lehnte mich an ihren Stamm, schlug mein Buch auf und ließ zwischen den Zeilen immer wieder den Blick über die Landschaft streifen. Von hier oben konnte man das Dorf sehen, die Hügel wellten sich bis zum Horizont, bedeckt von Wiesen und dunklen Waldflächen. Ich sah meine Mutter im Garten Wäsche aufhängen, mein Vater trug einen Arm voll Scheite über den Hof und schichtete sie an der Stallwand auf, Christoph fuhr mit einem Roller die Hofeinfahrt hinunter, während seine beiden Ferienfreunde hinter ihm herrannten, der Bauer fuhr mit dem Heuwender über die frisch gemähte Wiese. Ich konnte jede Einzelheit sehen, es kam mir vor wie ein Bild, auf dem jeder Quadratmillimeter genau ausgemalt war. Zwar bewegte sich das Bild, aber trotzdem kam es mir so vor, als wäre die Zeit stehen geblieben. Meine Augen kehrten zur Buchseite zurück und zu der Geschichte, die sich parallel abspielte, und trotzdem fernab von all dem, was vor meinen Augen lag: Ein Schiff fuhr mitten durch die endlose Wasserfläche eines südlichen Meeres, unterwegs zu einer Schatzinsel, ein Junge, der durch Zufall in dieses Abenteuer hineingeraten war, belauschte nachts die Pläne der Meuterer - und über die Deckplanken humpelte mit seinem Holzbein der unheimliche Schiffskoch Long John Silver. Indem ich zwischen Jim Hawkins auf dem Dreimaster Hispaniola und meinem Bruder Christoph unten in der Hofeinfahrt eine

Verbindung herstellte, berührten sich zwei Welten auf geheimnisvolle Weise in meinem Innern. Dann hatte ich plötzlich genug vom Lesen. Ich legte ich das Buch zwischen die Wurzeln der Eiche, beschwerte es mit einem Stein und ging in den Wald hinein. Es war ein Mischwald, Eichen und Buchen, dazwischen Lärchen mit ihren hellen Nadeln, Gruppen von Kiefern und einzelne Fichten, die sich, wenn sie an einem günstigen Platz standen, zu riesigen Bäumen mit ausladenden Ästen entwickelt hatten. Hier war es kühl und dämmrig, nur ein paar Sonnenstrahlen schafften es bis zum Waldboden, wo sie hellgrüne Lichtpunkte auf Farne und Moospolster setzten. Es gab keinen Spazierweg, ich stieg über heruntergefallene Äste und Steinbrocken und kroch unter armdicken Lianen hindurch, die von den Bäumen herunterhingen.

Dann hörte ich den Pirol. Er musste ganz in der Nähe sein, irgendwo in der Krone der hohen Buche dort drüben. Ich durchquerte eine mit Buschwerk bewachsene Senke und stand am Fuß des Baumes. Da sah ich ihn zwischen den Ästen auffliegen, einen Vogel von der Größe eines Eichelhähers mit schwarzgelbem Gefieder, er machte ein paar Flügelschläge und verschwand im dichten Grün einer großen Fichte. Das muss ich Vater erzählen! Ich wollte den Pirol unbedingt noch einmal sehen und ging weiter in den Wald hinein, hielt auf die große Fichte zu, deren Spitze von anderen Baumkronen verdeckt wurde, und plötzlich wusste ich nicht mehr, wo sie war, auf einmal hatten sich die Baumstämme um mich herum geschlossen, hatten mich eingekreist und ließen kein Licht mehr vom Waldrand herein, an dem ich mich orientieren konnte. Von welcher Seite war ich gekommen? War das die große Fichte, auf die ich zugegangen war, oder eine andere? Auf einmal sahen alle Bäume gleich aus. Ein Schwindel erfasste mich, Panik vernebelte mir den Blick. Blindlings lief ich in eine Richtung, stolperte über dürre Äste und rutschte auf Moosplacken aus. Dort hinten war es wieder heller, Sonnenstrahlen fädelten sich durch das Dickicht, ich hielt darauf zu und fand mich am Rand einer Lichtung. Aus kniehohem Gras und Büscheln von Farnblättern ragten silbrige Baumstümpfe und ein grauer Felsblock. Fingerhüte ließen ihre lila Blütenglocken hängen, in die dicke Hummeln hineinkrochen. Es schien ein aufgeforsteter Holzeinschlag zu sein, in Abständen waren junge Bäumchen gepflanzt und mit Maschendraht geschützt. Ich hatte keine Ahnung, wie weit ich in den Wald hineingeraten war, und wie ich wieder herausfinden sollte. Vorsichtig betrat ich die Lichtung und setzte mich zu Füßen des Felsens auf ein dichtes Mooskissen. Nach kurzer Zeit war ich eingeschlafen.

Als ich aufwachte, hockte das Waldmädchen direkt vor mir und sah mich an. Aus irgendeinem Grund hatte ich keine Angst, obwohl dieses Kind merkwürdig aussah. Es hatte ein breites, freundliches Gesicht, weit auseinander stehende Augen - waren sie grau? Oder eher grün? - eine platte Nase und abstehende Ohren. Ein ledernes Stirnband hielt das struppige braune Haar aus dem Gesicht. Ihre löchrigen Jeans waren oberhalb der Knie abgeschnitten, und über dem nackten Oberkörper trug sie eine Weste aus Leder- und Fellflicken. Um beide Handgelenke hatte sie Lederriemen gewickelt und um den Hals trug sie ein Lederband mit einem kleinen Vogelschädel und einer blauen Eichelhäherfeder. Die klobigen Turnschuhe an ihren Füßen waren wohl einmal weiß gewesen. An ihrem Gürtel hing ein Fahrtenmesser, wie mein Bruder eines hatte. Die helle Haut des Mädchens war bedeckt von Schmutz und Schrammen. Als sie sah, dass ich wach geworden war, verzog sie den

breiten Mund mit der zipfeligen Oberlippe zu einem
Grinsen, das gelbe, weit auseinander stehende Zähne
sehen ließ. Sie erhob sich und lief in den Wald hinein,
indem sie mir winkte, ihr zu folgen.

Wir liefen immer bergauf, ich versuchte, mit ihr Schritt
zu halten, sie sah sich manchmal nach mir um, und
wenn ich zurückblieb, wartete sie auf mich. Nach etwa
einer Stunde hatten wir die höchste Stelle erreicht, eine
kleine, steinige Lichtung, in deren Mitte die größte
Fichte stand, die ich bis dahin gesehen hatte, ein uralter
Baum, dessen Spitze alle anderen Bäume überragte. Das
Waldmädchen zog sich am untersten Ast hoch und
kletterte hinauf. Dabei schaute sie mich aufmunternd an,
ich solle mitkommen. Sie war etwas größer als ich, aber
nach zwei Anläufen bekam ich den Ast mit einem
Sprung zu fassen. Die Abstände zwischen den Ästen
waren so groß, dass mich das Klettern ziemlich viel
Anstrengung kostete. Zum Glück war ich schon immer
schwindelfrei. Zuletzt zwängte ich mich durch ein
Gestrüpp von trockenen Zweigen, das mir Arme und
Beine zerkratzte, und stand neben dem Waldmädchen
auf dem obersten tragfähigen Ast. Ich hielt mich an
kleinen Zweigen fest und schaute in die Ferne. Unter
uns dehnte sich die Ebene von Dunst bedeckt, an manchen Stellen glitzerte der Rhein, Dörfer lagen darin
verstreut, und auf der Autobahn bewegten sich die Autos merkwürdig langsam. Auf der anderen Seite der
Ebene standen auch Berge, weit entfernt, aber deutlich
und klar wie ein Spiegelbild. Ich konnte das helle Grün
der Wiesen von den dunkleren Waldflächen unter-
scheiden und sogar einzelne, frei stehende Bäume
erkennen. Zwei Bussarde kreisten vor uns in Au-
genhöhe und stießen Schreie aus, die das Waldmädchen
so täuschend nachahmte, dass sie antworteten und näher
herankamen, um nach ihrem Artgenossen und mögli-

chen Rivalen auszuschauen. Das Waldmädchen winkte ihnen und lachte sie aus. Dann machten wir uns wieder an den Abstieg. Beim Sprung vom untersten Ast blieb ich hängen und riss mir den Arm auf. Als das Waldmädchen sah, dass ich mich verletzt hatte und blutete, ging sie ein paar Schritte und suchte den Waldboden nach einer bestimmten Pflanze ab, deren Blätter sie zerrieb und mit einem ihrer Armriemen fest um meine Wunde band. Das Bluten hörte sofort auf, auch den Schmerz spürte ich bald nicht mehr. Am nächsten Morgen war die Wunde verheilt.

Wir schlugen uns die Bäuche mit wilden Himbeeren voll, legten uns auf eine kleine, sonnenbeschienene Wiese und wurden schläfrig. Die Sonne rutschte tiefer. Als ihr Licht rötlich zu werden begann, sprang das Waldmädchen plötzlich auf und fing an zu tanzen. Sie warf den Kopf in den Nacken, hielt ihr Gesicht in die letzten Sonnenstrahlen und drehte sich so schnell um sich selbst, dass ich Angst bekam, es würde ihr schwindlig werden und sie würde hinfallen. Sie tanzte wie ein Derwisch, schlenkerte mit Armen und Beinen und stieß seltsame Laute aus. Es sah so komisch aus, dass ich losprustete - sie hielt kurz inne, sah mich verdutzt an, lachte dann und fuhr noch wilder fort zu tanzen. Ich versuchte, es ihr nachzumachen, stolperte über Grasbüschel und trat in Erdlöcher. Aber dann wurde ich sicherer, und zuletzt sprang ich so wild herum wie sie und drehte mich um mich selbst, immer schneller und schneller. Laute kamen aus meinem Mund, wie die Schreie der Bussarde oder der Ruf des Pirols. Wir tanzten, bis die Sonne untergegangen war. Von da an gehörte ich zum Waldmädchen. Alles andere hatte ich vergessen.

Die Nacht verbrachten wir in ihrer Höhle, weitab von allen Forst- und Wanderwegen, mitten in einem unzugänglichen Felshaufen. Es war ein niedriger Raum zwischen übereinander liegenden Felsblöcken, wir mussten auf allen Vieren hineinkriechen. Drinnen war es etwas höher, aber stehen konnte man nicht. Das Waldmädchen zündete mit einem roten Plastikfeuerzeug, das sie aus der Hosentasche zog, eine Kerze an. Ich fragte mich, wo sie diese Sachen her hatte, auch die Turnschuhe und das Fahrtenmesser. Wahrscheinlich ging sie ab und zu ins Dorf, um etwas zu stehlen oder zu erbetteln, vielleicht ließen auch Wanderer manchmal etwas im Wald liegen, das sie brauchen konnte. Sie hatte sich die Höhle nach ihren Bedürfnissen eingerichtet. In einer Ecke war Heu aufgeschichtet, darauf lag eine löchrige Wolldecke. Unter einem Felsspalt in der Decke war eine kleine Feuerstelle, ein paar Kisten standen herum, in denen sie Lebensmittel aufbewahrte, und zwei Holzklötze, auf denen wir nun saßen und etwas aßen, das wie getrocknete Fleischstücke aussah. Es war zäh, schmeckte aber gut, wenn man eine Weile darauf herumkaute. Dazu tranken wir Wasser aus einer zerknitterten Plastikflasche. Als wir satt waren, legten wir uns auf das Heubett, das Waldmädchen zog die Wolldecke über uns beide und legte ihren Arm um meine Schultern. Wir schliefen tief und traumlos, bis ein Sonnenstrahl durch die Dachluke fiel und uns weckte.

Zwei Tage und drei Nächte blieb ich beim Waldmädchen. Sie führte mich kreuz und quer durch den Wald, er schien endlos zu sein, aber sie kannte jeden Baum, jede Lichtung, jeden Wildwechsel. Näherten wir uns einem Wanderweg, dann zog sie mich in die Büsche und vergewisserte sich, dass kein Mensch in der Nähe war. Kam jemand vorbei, dann duckten wir uns und blieben mäuschenstill, bis die Gefahr vorüber war. Meistens redeten die Spaziergänger aber so laut miteinander, dass wir gewarnt waren. Sie nahmen so wenig von ihrer Umgebung wahr, dass wir nicht fürchten mussten, entdeckt zu werden. Wir aßen Beeren und zarte, bittere Wurzeln mir unbekannter Pflanzen, Nüsse und Eicheln vom vorigen Herbst. Dass man Eicheln essen kann, war mir neu, sie waren bitter und machten satt. Am besten schmeckten sie, wenn wir sie über dem Feuer rösteten. Aber es gab auch Fleisch zu essen. Sie tötete einen Hasen, den sie in einer Grube gefangen hatte - eine der vielen Fallen, die sie an verschiedenen Orten anlegte. Ich schaute nicht hin, als sie mit ihrem Messer ohne Zögern seine Kehle durchschnitt. Mit ein paar geübten Griffen zog sie ihm das Fell ab und legte es, die blutige Innenseite nach oben, auf einen Stein in die Sonne zum Trocknen. Wir ließen ein Feuer herunterbrennen und garten das Fleisch auf den glühenden Kohlen. Ein anderes Mal zeigte sie mir, wie man mit bloßen Händen eine Forelle fängt. Ein Bach lief in Windungen am Waldrand entlang, sie folgte ihm, bis sie eine Forelle im Wasser stehen sah, zog ihre Schuhe aus und ließ sich ein Stück unterhalb der Stelle lautlos ins Wasser gleiten. Es reichte ihr bis über die Knie. Langsam näherte sie sich, Schritt für Schritt, bis der Fisch in Reichweite war. Er sah stromaufwärts und merkte nichts von der Gefahr, die sich ihm näherte. Dann senkte sie unendlich langsam den Arm ins Wasser, bis ihre Hand direkt unter seinem Bauch lag, schleuderte ihn mit einem blitzschnellen Wurf ans Ufer und tötete ihn mit einem Schlag auf den Kopf. Während sie die Forelle ausnahm, trug ich trockenes Holz zusammen und machte Feuer. Wir spießten sie auf einen langen Ast, hielten sie über die Flammen und teilten sie schwesterlich. Danach badeten wir im Fluss, tauchten in tiefe Gumpen und ließen uns über niedrige Stromschnellen gleiten. Wir kletterten auf einen Baum und sprangen mit lautem Geschrei ins Wasser, immer wieder, niemand war da, der zu uns sagte: „Jetzt ist es genug, kommt aus dem Wasser, ihr werdet euch erkälten." Wir sprangen, bis wir völlig erschöpft waren und unsere Lippen blau vor Kälte, erst dann kletterten wir ans Ufer und wärmten uns in der Sonne wieder auf.

In der zweiten Nacht erwachte ich von einem Gewitter. Die Donner krachten so laut, als sollte die Welt untergehen. Im Flackerschein der Blitze tanzten Schatten an den Wänden. Ich sah riesige Fledermäuse, die sich aus dem Dunkel lösten und auf mich zuflogen, sah das Maul eines Wolfs mit langen Zähnen, das auf- und zuklappte, und kroch zitternd näher zum Waldmädchen, das tief und fest schlief. Dann fing endlich der Regen an, sanftes, versöhnliches Rauschen, ab und zu das Klacken der Tropfen, die durch den Dachspalt fielen. Plötzlich fiel mir mein Buch ein, das am Fuß der Eiche unter einem Stein lag. Es würde nass werden. Und meine Eltern? Sie machten sich bestimmt Sorgen, weil ich schon die zweite Nacht nicht nach Hause gekommen war. Sicher hatten sie die Polizei informiert... Aber dann schlief ich doch wieder ein. Der Regen rauschte, der Wind schüttelte die Baumkronen über der Höhle, aber wir lagen warm und trocken.
Am Morgen war das Waldmädchen verändert. Wie besessen köpfte sie Brennnesseln und Blumen am Weg mit einer Weidenrute, oder warf Steine nach Vögeln, die zeternd davonflogen. Ich fragte mich, ob ihr Zorn mir galt, ob sie meiner Gesellschaft überdrüssig war, aber da wandte sie sich zu mir, schnitt einen Haselzweig ab und drückte ihn mir in die Hand. Danach schlug sie wieder

mit unverminderter Wut auf die Bernnesseln ein, als hätten sie ihr etwas angetan. Ich half ihr, geriet selbst allmählich in Rage, schlug zu, dass die Blätter spritzten, die Stiele zerfaserten und abknickten. Wir kämpften verbissen gegen die Pflanzen, deren einziges Verbrechen es war, gerade heute an unserem Weg zu stehen. Nach einer Weile kamen wir aus dem Wald heraus, dort grasten ein paar Pferde auf einer Weide. Das Waldmädchen warf seine Rute weg, kletterte über den Zaun und rannte auf die Pferde zu, die erschrocken die Köpfe hochwarfen und auseinander liefen. Ich setzte mich auf eine Zaunlatte und schaute zu, wie sie johlend die Arme wie Windmühlenflügel drehte und die Pferde jagte. Zuletzt packte sie eines an der Mähne und schwang sich auf seinen Rücken. Seltsamerweise scheute es nicht, sondern ließ sich die Reiterin gefallen und gehorchte ihr. Sie drehte ein paar Runden über die Weide, dann kam sie dicht zu mir heran, packte mich unter den Achseln und zog mich zu sich auf den Pferderücken. Ich krallte mich ängstlich an die Mähne, aber sie hielt mich fest. Nun trieb sie das Pferd an, es galoppierte auf den Zaun zu und sprang mit einem großen Satz darüber weg. Wir schrien, ich vor Angst, sie vor Vergnügen. Dann galoppierten wir am Waldrand entlang und über die Felder, flogen über Bäche und niedrige Hecken. Sie schlug dem Tier die Fersen in die Seiten, und es lief immer schneller, während wir uns an seiner Mähne festhielten und den Wind in den Haaren spürten. Auf einer Wiese mit einem Heuschober ließ sie das Pferd zur Ruhe kommen. Wir rutschten von seinem Rücken, das Waldmädchen klopfte seinen schweißnassen Hals und sagte ihm etwas ins Ohr, als wollte es sich bei ihm bedanken. Dann gab sie ihm einen Klaps auf den Hintern, und es trabte zurück in die Richtung, aus

der wir gekommen waren. Aber sie hatte noch nicht
genug! Der Tag war noch nicht zu Ende!

Mit ihrem Messer öffnete sie das Vorhängeschloss an
der Tür des Schuppens, der bis auf halbe Höhe mit Heu
gefüllt war. An der Wand stand eine Leiter. Wir kletterten zu den Dachbalken hoch und ließen uns ins Heu
fallen, kletterten hoch und sprangen hinunter, kletterten
hoch und drehten Saltos mit angezogenen Knien, immer
wieder, zehn Mal, zwanzig Mal, bis wir nicht mehr
konnten und im Heu liegen blieben. Dann hatte das
Waldmädchen eine andere Idee. Sie ließ sich vom Heu-
berg herunterrollen, ging zur Tür und winkte mir, ich
solle herauskommen. Als ich draußen war, ging sie
wieder hinein, ich wusste nicht, was sie vorhatte, dann
erschien sie wieder mit breitem Grinsen, verrammelte
die Tür, packte meine Hand und lief mit mir zum
Waldrand. Im Schutz einer Fichte bleiben wir stehen.
Aus dem Dach der Scheuer stiegen dünne Qualmfäden
auf, erst zwei, dann viele. Schwarzer Rauch quoll
hervor, Flammen schlugen heraus, die Holzwände fingen Feuer, bald war die Scheune von Feuer eingehüllt.
Mit lautem Krachen gaben die Dachbalken nach, Funk-
en und brennendes Heu wurden herausgeschleudert, die
Flammen schlugen wie aus einem Kaminschacht meter-
hoch empor, dröhnten und fauchten und das Harz in den
trockenen Brettern explodierte wie Maschinengewehr-
feuer. Nun geriet das Waldmädchen ganz außer Rand
und Band. Sie riss einen Ast von der Fichte, rannte auf
das Feuer zu und warf ihn in die Flammen. Er loderte
hell auf, das Knistern des frischen Reisigs übertönte den
allgemeinen Lärm ebenso wie die Freudenschreie und
seltsamen Gesänge des Waldmädchens, die wie wild um
den brennenden Schuppen tanzte. Zögernd ging ich
näher heran. Zuerst hatte ich Angst vor dem Feuer, aber

das Brausen und Knistern, die Hitze und die entfesselten Flammen versetzten mich in einen seltsam euphorischen Zustand, ich fühlte mich, als könnte ich fliegen - und tanzte mit dem Waldmädchen den Feuertanz.

Dann hörte ich Hunde. Bellend liefen sie vor den Männern her, die aus dem Tal heraufkamen, bewaffnet mit Spaten und Rechen. Ich packte das Waldmädchen am Arm und zeigte hinunter, sie waren nicht mehr weit. Wir rannten in den Wald und versteckten uns in einer Kuhle hinter der aufgestellten Wurzel eines umgestürzten Baumes. Das Waldmädchen zog ein paar lose Äste und Brombeergestrüpp über uns, wir duckten uns und waren nicht mehr zu sehen. Aber die Hunde! Sie hatten unsere Witterung aufgenommen! Einer von ihnen steckte den Kopf zwischen die Brombeerranken und begann, uns zu verbellen. Da packte das Waldmädchen ihn bei den Ohren, sein Knurren wich einem hechelnden Grinsen. Sie sagte etwas in sein linkes Ohr, er drehte sich um, lief weg und begann anderswo zu bellen. Alle Hunde machten einen Bogen um unser Versteck und taten so, als hätten sie keine Spur. Die Männer brüllten und versuchten, sie anzutreiben. Einer kam uns gefährlich nahe, schlug mit seinem Rechen auf die Brombeeren ein und versuchte, sie wegzuziehen. Aber er rutschte aus und riss sich an den Dornen die Arme auf. Fluchend ließ er von dem undurchdringlichen Gestrüpp ab. Die Männer trieben sich noch bis zur Abenddämmerung in unserer Nähe herum und mühten sich, den Brand einzudämmen, damit das Feuer nicht auf benachbarte Bäume übergriff. Der Schober fiel in sich zusammen. Sie zogen die brennenden Balken auseinander und schaufelten Erde darauf. Als sich das Feuer beruhigt hatte, riefen sie ihre Hunde und machten sich auf den Weg zurück ins Tal. Nach einer Weile wagten wir uns aus unserem Versteck und besichtigten die

Brandstelle. Das Waldmädchen griff in die Hosentasche, zog zwei Zigarettenkippen heraus, zündete sie an einem glimmenden Zweig an und gab mir eine. Dann setzten wir uns auf die Wiese, rauchten und schauten in die Glut. Der Wind schickte Wellen von leuchtendem Rot darüber, ab und zu sprangen kleine Flämmchen hervor wie Irrlichter. Ich sah das Gesicht des Waldmädchens im Widerschein des verlöschenden Feuers, ihre groben, freundlichen Züge, den breiten Mund mit der zipfeligen Oberlippe. Sie schnippte die aufgerauchte Kippe ins Gras, und wir gingen nach Hause.

In der Frühe hatte sie es plötzlich eilig, wir verließen die Höhle kurz nach Sonnenaufgang und durchquerten den Wald. Sie lief in großem Abstand vor mir her, ohne sich auch nur einmal umzusehen, oft konnte ich nur noch ihre helle Fellweste erspähen. Ich rief nach ihr, aber sie schien mich nicht zu hören, zeigte mir nur noch ab und zu den Weg, indem sie in der Ferne zwischen den Bäumen auftauchte, sonst hätte ich mich heillos verlaufen. So gingen wir mehrere Stunden. Ich weiß nicht mehr wie lange, aber irgendwann kam mir der Wald bekannt vor. Dann stand ich am Fuß der großen Eiche, an der ich mein Buch zurückgelassen hatte, um in den Wald zu gehen. Das Waldmädchen war verschwunden. Mein Buch lag noch da, wie ich es hingelegt hatte und war selbst bei dem Regen vorgestern Nacht nicht nass geworden. Aber vielleicht hatte es hier nicht so stark geregnet. Ich nahm es und machte mich auf den Weg zum Hof hinunter.
Jetzt wurde es mir doch mulmig, ich war drei Tage verschwunden, wie würde man mich empfangen? Ich rechnete mit dem Schlimmsten und lief mit weichen Knien die steile Weide hinunter. Seltsam, die Wäsche, die meine Mutter aufgehängt hatte, als ich mit meinem

Buch am Waldrand saß, hing immer noch an der Leine. Ich schlich mich zum Hintereingang. Vielleicht, wenn ich unbemerkt in mein Zimmer käme, könnte ich so tun, als ob - ja, als ob was? Als ob ich die ganze Zeit im Bett gelegen hätte? Blödsinn. Aber ich kam gar nicht erst so weit. Im Flur vor der Waschküche erwartete mich meine Mutter. Ich blieb stehen und zog den Kopf ein. „Wo warst du denn den ganzen Vormittag?", fuhr sie ich an, „wir hätten deine Hilfe beim Wäschemachen gebraucht. Aber Madame saß wieder irgendwo faul in der Sonne mit ihrem Buch. Jetzt hilf uns wenigstens den Tisch decken!"

Ich betrachtete ihr Gesicht, während sie redete - es kam mir fremd vor, was hatte ich mit ihr zu tun? Dann fiel mir auf, dass sie gesagt hatte: „Den ganzen Vormittag..." - wollte sie mich auf den Arm nehmen? Drei Tage war ich fort gewesen!

Oder war es möglich, dass die Zeit nicht überall gleich schnell vergeht? Hatte sie sich verlangsamt, war sie vielleicht sogar stehen geblieben, während ich beim Waldmädchen war? Aber das gab es nur im Märchen! Dort war allerdings bis in alle Einzelheiten beschrieben, was passiert, wenn die Zeit stehen bleibt. Ich konnte es mir genau ausmalen: Meine Mutter, wie sie unter der Wäschespinne erstarrte, während sie gerade ein Leintuch aufhängen wollte, mein Vater, die Axt in den Händen, der mitten im Zuschlagen gestoppt wurde, Christoph, der, entgegen der Schwerkraft, mit seinem Roller auf der abschüssigen Hofeinfahrt stehen blieb.

Ein breites Waldmädchen-Grinsen muss auf meinem Gesicht erschienen sein, während ich mir das ausmalte. Die Ohrfeige meiner Mutter traf mich mit voller Wucht. Seltsamerweise spürte ich sie fast nicht. Anscheinend hatte die Zeit im Wald mich unempfindlich gemacht. „Ich weiß nicht, was es da so unverschämt zu grinsen gibt", setzte Mutter wieder an, aber dann blieb ihr der Mund offen, denn sie fasste mich genauer ins Auge. „Um Gottes Willen, wie siehst du denn aus, wie um alles in der Welt kann man sich in ein paar Stunden so dreckig machen - deine Hose ist zerrissen!" Ich sah an mir herunter, tatsächlich, unterm linken Knie klaffte ein handbreiter Riss. Der stammte sicher von unserer gestrigen Flucht in die Grube mit den Dornbüschen. „Und du stinkst! Verschwinde sofort ins Badezimmer, so lasse ich dich keinen Teller anfassen!"

Das war mir recht, ich drehte mich um und ließ sie stehen. Unter der Dusche entdeckte ich an meinem Arm die Narbe der Schramme, die ich mir beim Herunterklettern von der Fichte geholt hatte. Der Saft der Blätter hatte einen grünen Streifen unter der Haut hinterlassen, wie eine Tätowierung. Ich habe sie heute noch, die Farbe ist blasser geworden, aber man kann sie noch deutlich sehen.

Seitensprung

Amanda geht mit mir spazieren. Jeden Tag in ihrer Mittagspause schiebt sie mich mit dem Rollstuhl bis an den Lift. Dazu konnte ich sie überreden, damit die Tarnung als Kranke mich noch eine Zeitlang schützt. Dann fahren wir ins oberste Stockwerk unter dem Dach und wandern die Korridore entlang. Dort oben gibt es nur Lagerräume und Verwaltungsbüros, niemand begegnet uns. Meistens gehen wir schweigend nebeneinander her. Nicht weil wir einander nichts zu sagen hätten, im Gegenteil, oft scheint mir, wir hätten die gleichen Gedanken, uns fallen die gleichen Dinge ins Auge - ein großer Raubvogel zum Beispiel, der von einer Baumkrone abhebt - Bussard? Sperber? Habicht? Sie scheint ihn zu kennen, sagt einen russischen Namen. Oder ein Kind, das über die Wiese läuft, ein Mädchen in rotem Kleid. Manchmal sprechen wir miteinander, oder besser: Wir unterbrechen unser stumm geführtes Gespräch durch ein paar Worte, um dann wieder einvernehmlich mit Schweigen fortzufahren. Hier oben sind wir weit weg von der Geschäftigkeit des Klinikalltags, vom Lärm und Verkehr der Straßen, vom Leben in der realen Welt. Von ihm habe ich mich so weit entfernt, dass ich mich kaum noch erinnern kann, wie ich die Tage in meiner Wohnung zugebracht habe, bevor ich hierher kam. Noch bin ich nicht so weit, dorthin zurückzukehren.

Wenn das Wetter schön ist, gehen wir im Park spazieren. Wir gehen abseits der asphaltierten Wege über die Wiesen - an manchen Stellen ist der Park noch Wiese, das ganze riesige Gelände zu mähen wäre wohl zu aufwendig. Wir entdecken verborgene Orte, an denen man sich fast wie in der Wildnis fühlt, wo man am Waldrand sitzen kann, ab und zu einen Hasen oder ein

Eichhörnchen trifft und dem Wind lauscht, der durch die Zweige streift. Bevor wir in der Sonne einnicken, springt Amanda auf - sie kann nicht so lange von der Station wegbleiben, wahrscheinlich wird sie schon vermisst - und lässt mich dort sitzen. „Sie sind jetzt fit genug, können alleine gehen!" Ich genieße die Sonne, bis sie hinter dem Südflügel verschwindet, dann stelle ich mich auf meine Beine und gehe den Weg zurück, den wir gekommen sind. Mein Körper gehört wieder mir, er scheint sich entschlossen zu haben, mir noch eine Weile zu gehorchen. Ich fange an, auf dem Kiesweg zu hüpfen wie ein kleines Mädchen, wiege mich in den Hüften, drehe mich um mich selbst - erst zaghaft, dann immer mutiger. Plötzlich habe ich Lust zu tanzen, wild und ausgelassen, wie damals mit dem Waldmädchen. Oder viele Jahre später als Studentin.

Der Saal war überfüllt und stickig wie jedes Jahr bei der Erstsemesterfete, die zu Beginn des Wintersemesters im AStA-Clubraum stattfand, einer niedrigen, schlecht zu belüftenden Baracke, die den einzigen Vorteil besaß, in einem dermaßen abgelegenen Winkel des Unigeländes zu stehen, dass auch die lauteste Musik niemanden störte und die Feten bis in den frühen Morgen dauerten. Unter der Decke drehte sich eine Disko-Kugel und schickte Lichtblitze durch Schwaden von Zigarettenqualm. Von Zeit zu Zeit zerhackte das Stroboskop die Bewegungen der Tänzer in Momentaufnahmen seltsamer Verrenkungen und anatomisch grenzwertiger Körperstellungen, zeigte Schnappschüsse von angestrengten und blöde-glücklichen Gesichtern. Aus mannshohen Lautsprecherboxen dröhnte „In-a-Gadda-da-Vida" von Iron Butterfly. Wir waren süchtig nach dieser Mischung aus Höllenlärm und Engels-Chorälen, aus kreischenden Gitarrenriffs und sehnsüchtigen Orgelmelodien. Siebzehn Minuten ohrenbetäubender Krach, der einem durch Mark und Bein geht, dazu die betrunkenen Stimme von Doug Ingle, die den ursprünglichen Titel „In a Garden of Eden" so eingängig vernuschelt. Der Höhepunkt war natürlich das Schlagzeugsolo, es übernahm die Kontrolle über unsere Körper, zog die Fäden, an denen unsere Glieder hingen, besetzte alle Schaltstellen in unseren Hirnen, zuletzt setzte die Orgel mit ihrer in Spiralen zum Himmel steigenden Melodie wieder ein und ließ uns Flügel wachsen.

An der Theke stand Niko, lässig mit der Hüfte angelehnt, eine Bierflasche in der Hand, aus der er ab und zu einen Schluck nahm, und betrachtete uns gelangweilt.

Ich begegnete „Niko" noch zweimal in meinem Leben. Nein, auf den ersten Blick hatten Thomas und Niko wenig gemeinsam. Mein Mann hatte seinen Freund Thomas seit Jahren nicht gesehen. Die beiden waren zusammen zur Schule gegangen und hatten zusammen studiert. Schon auf dem Gymnasium war Thomas als talentierter Autor und als charismatischer Redner aufgefallen. Nach dem Examen veröffentlichte er ein kulturkritisches oder literaturtheoretisches Buch nach dem anderen und war in Funk und Fernsehen präsent - ein gefeierter Intellektueller, dem es in seiner Heimat bald zu eng wurde. Er ging für ein paar Jahre in die USA und lehrte als Literaturdozent in Harvard. Nun war er wieder nach Deutschland zurückgekehrt und machte Zwischenstation in seiner Heimatstadt, um dann - es war kurz nach der Wende - einem Ruf nach Berlin an die Humboldt Universität zu folgen. Eines Tages rief er bei uns an, und besuchte uns zum Abendessen. Ein attraktiver Enddreißiger, der geschliffen sprach und den Charmeur spielte. Ich fand ihn eitel und selbstgefällig. Mein Mann konnte Thomas dazu überreden, in der Aula des Gymnasiums einen Vortrag über zeitgenössische Literatur zu halten. Er war inzwischen Rektor der Schule, in der sie beide ihr Abitur gemacht hatten, keine verachtenswerte Laufbahn. Aber Rektor eines Provinzgymnasiums oder ein international beachteter Literaturwissenschaftler - mein Mann hatte daran zu knacken.

Der Abend verlief für beide erfolgreich, Thomas badete in den anbetenden Blicken der Schülerinnen in der ersten Reihe, die ihre kürzesten Miniröcke angezogen hatten - eine kam sogar im schwarzen Lederdress, Niko hätte seine Freude gehabt - und mein Mann sonnte sich im Glanz seines berühmten Freundes. Nach dem Vortrag gab es ein Essen für geladene Gäste im besten Restaurant, sogar der Bürgermeister ließ es sich nicht nehmen, mit dem berühmten Sohn der Stadt an einem Tisch zu sitzen. Wir saßen uns schräg gegenüber, Thomas fachsimpelte am verständnislos dreinschauenden Bürgermeister vorbei mit meinem Mann über Poststrukturalismus, Zeichen-Differenz und den Tod des Autors, wobei er ab und zu einen Blick zu mir herüberschickte, der nichts mit höflicher Aufmerksamkeit zu tun hatte, sondern einen Kurzschluss verursachte. Einige Tage später begegneten wir uns in der Stadt, vergeudeten keine Zeit mit Kaffeetrinken und Konversation, sondern fuhren gleich zu ihm. Er hatte ein Loft in der Südstadt gemietet, in einem alten Fabrikgebäude. Wir stiegen zwei Stockwerke über nackte Eisentreppen und begannen uns auszuziehen, sowie die Stahltür hinter uns zugefallen war. Wie im Film, dachte ich, und schämte mich für meine Unterwäsche, sie passte nicht zusammen! Ausgerechnet an diesem Morgen hatte ich nicht darauf geachtet, was ich aus dem Kleiderschrank nahm, und zum weißen Slip einen hautfarbenen BH angezogen. Ich hoffte inständig, dass er sich mehr dafür interessierte, was darunter war. Das breite Wasserbett, auf dem wir schließlich landeten, geriet in Wallung - er hatte es wohl in Hinblick auf diese Verwendung ausgesucht. Wir liebten uns nach allen Regeln der Kunst, und ich dachte an Niko. Danach bereitete Thomas ein paar Köstlichkeiten an dem futuristischen Küchenblock für uns zu, der mitten in dem bis auf einen Tisch, zwei Stühle und eine Le-Corbusier-Liege leeren Wohnraum stand. In einem Stapel Kartons, der sich vor dem Fenster türmte, vermutete ich Bücher. Er zauberte Sushi-Röllchen und japanische Miso-Suppe, so etwas hatte ich noch nie gegessen, und dann wurde es höchste Zeit zu gehen, denn Charlotte wartete im Kindergarten darauf, abgeholt zu werden.

Ein halbes Jahr lang trafen wir uns fast jeden Tag. Wenn ich Charlotte weggebracht hatte, fuhr ich zu ihm oder wir trafen uns an abgelegenen Orten zu weiten Spaziergängen. Dass er gerne durch Wald und Wiesen spazierte, brachte uns einander näher. Er dozierte über den Landschaftsbegriff bei Petrarca und in der deutschen Romantik. Ich zeigte ihm den Teichrohrsänger, den Zilpzalp und die Goldammer und erklärte ihm den Unterschied zwischen Schwarz-Erle und Grün-Erle. Von Natur hatte er keine Ahnung, und ich war froh, nicht immer die unbedarfte Schülerin spielen zu müssen, sondern ihm zumindest auf einem Gebiet etwas voraus zu haben. Ansonsten waren die Rollen verteilt: Ich, die beurlaubte Deutschlehrerin und Mutter einer kleinen Tochter, hörte ihm andächtig zu, dem großen Intellektuellen, Autor, Kulturkritiker und Professor für Literatur. Er entdeckte in mir eine begabte Adeptin, deren schlummernde Talente er ans Licht bringen konnte. Ich fühlte mich aus meiner engen Welt befreit, endlich schätzte jemand meine Klugheit und Auffassungsgabe und vermittelte mir das Gefühl, dass verborgene Möglichkeiten in mir steckten. So profitierten wir beide von dieser Beziehung, und zeitweise grenzte unser Zusammensein an etwas Ähnliches wie Glück.

Seltsamerweise fühlte ich mich keinen Moment schuldig wegen meines Seitensprunges. Ob mein Mann etwas ahnte, weiß ich nicht, vielleicht genügte es ihm, dass ich für einige Zeit - aus welchen Gründen auch immer, er wollte sie vielleicht gar nicht wissen - ausgeglichen und fröhlich war, und ihn nicht, sobald er unser Haus betrat, mit meinen Mutterproblemen behelligte. Thomas und ich wurden mit der Zeit immer unverfrorener, wir zeigten uns in der Stadt bei Vernissagen und sonstigen kulturellen Veranstaltungen, jeder wusste, dass mein Mann und er sich seit langem kannten, und wenn jemand sich etwas dabei dachte, konnte es uns egal sein. Nur meine Mutter schöpfte Verdacht. Während meiner Zeit mit Thomas sah sie mich öfter misstrauisch von der Seite an. Ich kannte nur zu gut ihren Anspruch, in alles sofort eingeweiht zu werden. Bei solchen Gelegenheiten bedachte ich sie mit einem freundlich-breiten Waldmädchen-Lächeln, das nichts besagte außer: „Das geht dich nichts an, lass mich in Ruhe!"

Irgendwann war es zu Ende. Ich wusste, dass Thomas nach Berlin ziehen würde, und dass es eine andere Frau gab, eine Amerikanerin, mit der er in Cambridge zusammengelebt hatte und die ihm nach Berlin nachkommen würde. Es machte mir nichts aus, unsere Beziehung war für einen begrenzten Zeitraum gedacht, daran hatte er nie einen Zweifel gelassen. Aber als der Morgen kam, an dem er abreiste - wir hatten vereinbart, nicht mehr miteinander zu telefonieren und uns am Tag zuvor in aller Freundschaft verabschiedet - überfiel mich plötzlich eine schreckliche Leere. Ich rannte aus dem Haus, fuhr zum Stadtrand, ging einen unserer alten

Spazierwege und heulte mir die Seele aus dem Leib. Nicht, weil ich Thomas liebte, nein, ich hätte mir nicht vorstellen können, mit ihm zusammen zu leben, sondern, weil ich wieder zurück in die Enge meines eigenen Lebens musste, die ich so lange nicht mehr gespürt hatte, und die Illusion, durch ihn wenigstens ein bisschen zu einer anderen Welt zu gehören, die weniger spießig und provinziell war, wieder aufgeben musste.

Plötzlich hatte ich das Gefühl, nicht mehr so weiterleben zu können.

Ich verbrachte ein paar Wochen in einer Art hektischer Erstarrung, kaufte alle Bücher von Thomas, die ich auftreiben konnte, las sie heimlich und sah und hörte mir alle Kultursendungen an, in der Hoffnung, er werde vielleicht irgendwo über seine Berufung nach Berlin befragt oder an einer Podiumsdiskussion teilnehmen. Einige Mal hatte ich sogar Glück und sah ihn inmitten einer Runde von Prominenten in einer Talk-Show sitzen. Seltsam, ich war nervös und bangte für ihn, dass er sich nicht versprach oder aus dem Konzept kam - er, der sich nie aus dem Konzept bringen ließ - oder ich hörte im Radio seine Meinung zur Kulturpolitik und versuchte, mich daran zu erinnern, wie es sich angehört hatte, wenn er meinen Namen sagte.

Eines Tages lieferte ich Charlotte im Kindergarten ab, rief meine Mutter an und bat sie, das Kind am Mittag abzuholen. Meinem Mann legte ich einen Brief auf den Küchentisch, in dem ich ihm mitteilte, dass ich für ein paar Tage weggefahren sei. Ich packte das Nötigste in meine Reisetasche, setzte mich ins Auto und machte mich auf den Weg - nein, nicht nach Berlin. Ich machte mich auf den Weg nach Südfrankreich.

Es war Anfang März, sonnig und kalt. Weit und breit war kein Grün zu sehen, die Höhen des Schwarzwaldes in der Ferne schneebedeckt. Im Valeé de Doubs sah man statt des dichten Laubes ein rötlichbraunes Gespinst von kahlen Zweigen auf den Berghängen, im Jura fuhr ich durch eine Winterlandschaft, die Kuhweiden dick mit Schnee gepolstert. In dieser Jahreszeit war ich noch nie nach Süden gefahren. Das Richtige wäre ein Skiurlaub, dachte ich. Die meisten Autos trugen Skicontainer auf den Dächern und bogen am Abzweig Dole in Richtung Grenoble ab. Hinter Lyon war alles so winterlich wie zuhause, die Eichen hatten noch ihre trockenen Blätter vom vorigen Herbst, traurig und braun lagen die Wälder unter dem kühlen Licht der Frühlingssonne. Erst als Steineichen und Kiefern überwogen, änderte sich das Bild, und die Hügel des Roussillon waren so schwarzgrün wie im Sommer. Ich blieb auf der Autobahn bis hinter Montpellier, fuhr dann in die Montagne Noir hinauf und kurvte endlose Bergsträßchen bis zu dem Dorf, in dem Niko und ich nach der Überschwemmung in der Schlucht übernachtet hatten. Inzwischen war es Abend geworden, ich fragte in dem Hotel nach einem Zimmer. Der Wirt von damals, der uns so freundlich aufgenommen hatte, war nicht mehr da. Ein junges Ehepaar mit einem kleinen Sohn hatte das Hotel übernommen und renoviert. Ich trug meine Tasche nach oben und setzte mich danach an die Bar, bestellte ein Glas Rotwein und etwas zu essen und unterhielt mich mit der jungen Wirtin, so weit es meine Französischkenntnisse zuließen. Ich erzählte ihr von dem Abenteuer, das ich vor Jahren hier erlebt hatte, und sie bestätigte, dass die Schluchten in der Gegend bei plötzlichem Regen gefährlich sein können.

Morgens sah es nicht nach Regen aus. Ich ließ den Wagen am Zeltplatz stehen. Wieder waren Pfadfinder dort, die gleichen Jungs wie damals. Immer wieder wachsen die gleichen Gesichter nach, dachte ich, die gleichen Typen - nur die Schimpfwörter, die sie einander zurufen, ändern sich. Ich stieg bis ganz nach oben. In der Schlucht war keine Spur mehr von der damaligen Verwüstung zu sehen, die Bäume waren nachgewachsen, Lehm und Schotter im Lauf der Jahre weggespült worden. Das glasklare Wasser in den Badegumpen glitzerte einladend in der Sonne. Ich zog meine Füße schnell wieder heraus, sie schmerzten vor Kälte. Den Felsbrocken, auf dem wir gelegen hatten, fand ich nicht mehr, auch nicht die kleine Höhle, in der wir vor dem Regen Schutz gesucht hatten, als das Wasser kam. Ich fand auch mich nicht mehr wieder, das junge, unbedarfte Mädchen, das am liebsten mit Niko irgendwohin geflohen wäre, möglichst weit weg von dem Leben, das sie erwartete.

Am nächsten Tag fuhr ich nach Marseille. Die Stadt war ein einziger Stau, nirgendwo ein Parkplatz zu bekommen. Eingekeilt schob ich mich über den Quai du Port, vorbei an der Stelle, wo ich Niko zum letzten Mal gesehen hatte.

„Ein schönes Leben wünsch ich dir!"

Ich sah ihn weggehen, ohne Eile, seine schmale Gestalt mit dem Seesack über der Schulter.

Ich sah ihn, wie er mir im Zelt beim flackernden Licht der Feuerzeugflamme die Pistole in die Hand legte und meine Angst besänftigte.

Ich sah ihn am Schulportal stehen, im langen schwarzen Ledermantel, lässig angelehnt, auf seine neueste Flamme wartend und die Lehrer, die an ihm vorbeigingen, mit einem unverschämten Grinsen bedenkend.

Mein Hintermann hupte wütend, weil ich nicht gemerkt hatte, dass sich die Schlange weiterbewegte. Um aus der Stadt herauszufinden brauchte ich fast zwei Stunden.

Zuletzt verpasste ich die Autobahnauffahrt und irrte in den Vorstädten umher. Endlich auf der Autobahn, wurde mir klar, dass ich nicht wusste, wo ich hinwollte. Nur etwas wollte ich auf keinen Fall: Schon wieder nach Hause. Ich kreuzte ziellos durch die Landschaft, deren Zauber mich dieses Mal kalt ließ. Vielleicht lag es an der winterlichen Temperatur. Eisiger Wind blies mir an einem Aussichtspunkt ins Gesicht und jagte mich zurück ins Auto, also blieb mir nichts anderes übrig, als den Rest des Tages mit Fahren zuzubringen. Weiter, immer weiter, wie von Furien gejagt, wie damals in der Sierra Nevada, nur dass Niko nicht vor mir her fuhr. Am Abend machte ich auf einem verschlafenen Dorfplatz Halt und fragte den Wirt in der Bar des Hotel Central nach einem Zimmer. „Alles belegt, ich kann Ihnen nur unseren Schäferkarren hinter dem Haus anbieten." Dankbar und müde nahm ich an und trug meine Tasche drei Holzstufen hinauf in einen kleinen, auf zwei Rädern stehenden und mit Klötzen unterlegten Verschlag mit gewölbtem Blechdach, unter dem man es im Sommer wahrscheinlich vor Hitze nicht aushalten konnte.

Bevor ich ins Bett ging, öffnete ich das Fenster und ließ die Nachtluft herein. Seltsame Geräusche drangen durch die dünnen Holzwände und hielten mich wach, etwas auf vier Pfoten lief übers Blechdach, ein Ächzen war vor der Tür zu vernehmen, weit entfernt ein Klagelaut. Dann fingen die Nachtigallen an, so früh im Jahr und trotz der Kälte. Sie saßen irgendwo im Gebüsch verborgen und unterhielten sich im Wechselgesang. Noch nie hatte ich sie so klar und aus der Nähe gehört. Die Abfolge der Strophen kulminierte in einer Kaskade reiner Flötentöne, klagend und froh zugleich - ich wünschte, mein Vater könnte es hören.

Auf dem Rückweg machte ich Halt in Vaison La Romain. Wieder betrachtete ich mit einem Schwindelgefühl, so als säße ich in einer Zeitmaschine, die Rillen in den Bodenplatten, wo die Ladenbesitzer ihre Verkaufstische befestigt hatten, fand die Stelle, wo mir Vater den Segelfalter gezeigt hatte, setzte mich auf die umgestürzte Säule, die noch immer dort lag - vielleicht noch in Jahrhunderten dort liegt, wenn es mich längst nicht mehr gibt und keiner sich mehr an mich erinnert - und versuchte, mir ins Gedächtnis zu rufen, worüber wir uns unterhalten hatten, aber ohne Erfolg. Vielleicht verschwindet allmählich meine Vergangenheit, ohne dass ich es bemerke, wie bei den alten Leuten im Gemeinschaftsraum. Eine Weile wartete ich auf den Segelfalter, aber er zeigte sich nicht. Dann lief ich über die wackligen Steinstufen hinunter zum Parkplatz, setzte mich ans Steuer und fuhr auf dem kürzesten Weg nach Hause.

Abflug

Zu viert warten wir auf den Notar, Karla, Sarah, Amanda und ich. Keine Ahnung, wie Amanda es geschafft hat, Karla aus ihrem Dämmerzustand zurückzuholen, vielleicht mit Hilfe einer geheimen sibirischen Kräutermischung. Schon in der Frühe war sie wach und aufgekratzt, ich half ihr aus dem Bett in den Rollstuhl, wusch sie, zog sie an und schob sie auf den Balkon. Währenddessen schilderte ich ihr den Auftritt ihrer Schwiegertochter, wie sie das Testament zerrissen und ich den Fetzen mit der Unterschrift gefunden und Amanda um Hilfe gebeten hatte. Karla regte sich furchtbar auf, was sie noch wacher machte, dankte mir überschwänglich, verzehrte ein üppiges Frühstück, um sich für das Bevorstehende zu stärken, und ließ sich dann wieder ins Bett bringen. Ich stellte das Kopfende hoch und legte ihr ein Kissen in den Rücken, damit sie den Notar angemessen empfangen kann.

Karla sitzt wie eine Gräfin aufrecht in den Kissen, die Haare frisch frisiert, mit zartrosa Lippenstift und Rouge auf den Wangen - darauf hat sie bestanden. Amanda besorgte die Schminkutensilien und machte sie zurecht. Es ist ihr großer Tag, und sie strahlt dem jungen Mann entgegen, der nach höflichem Anklopfen die Tür öffnet, uns die Hand gibt, einen Stuhl an den Tisch rückt, einige Unterlagen aus seiner Mappe nimmt und fragend in die Runde schaut. „Ich weiß in groben Zügen, worum es heute geht, aber vielleicht würden die Damen mir freundlicherweise noch einmal ausführlich die Angelegenheit schildern. Frau Steinhart, wenn Sie beginnen wollen?" Abwechselnd tragen wir die Geschichte von Karlas Testament zusammen, jede erzählt, was sie gehört, gesehen und erfahren hat. Zuletzt setzt der Notar ein neues Schriftstück auf, liest es vor, Karla ist mit dem Wortlaut einverstanden, sie unterschreibt zuerst, dann Amanda und ich als Zeugen, zuletzt der Notar. „So, ich denke, das wäre erledigt. Im Fall dass" - er lächelt seine Mandantin entschuldigend an und wendet sich an Sarah - „ melden Sie sich bitte umgehend bei mir, ich werde das Nötige veranlassen. Einen schönen Tag wünsche ich den Damen!" Er verbeugt sich in die Runde und verlässt das Zimmer.

Amanda verschwindet kurz und kommt mit vier halbvollen Sektgläsern zurück. „Dies ist ein besonderer Moment, wir haben gemeinsam verhindert, dass Sarah um ihr Erbe betrogen wird, ich denke, darauf sollten wir anstoßen!", sagt sie beinahe akzentfrei. Mir kommt der Verdacht, dass sie vielleicht die ganze Zeit nur so getan hat, als könnte sie nicht richtig Deutsch sprechen - am Ende ist sie gar keine Russin? Sie verteilt die Gläser. „Auf das gute Ende einer Geschichte - aber nein, Familiengeschichten sind nie zu Ende!"

Wir stoßen an, der Sekt schmeckt gut, schade, dass die Gläser nur halbvoll sind, ich blinzle Karla zu, sie ist derselben Meinung. Aber Amanda bleibt hart, sammelt die leeren Gläser ein und verschwindet. Auch Sarah bricht auf, sie umarmt ihre Großmutter, flüstert ihr „danke" ins Ohr und entschwebt. „Ein Engel", kommentiert Karla, „aber sie hat es faustdick hinter den Ohren. Wehe dem, der sich von ihrem Engelsblick täuschen lässt." Karla ist immer noch aufgekratzt und scheint sich mir gegenüber nun endgültig für das du entschieden zu haben. Wir unterhalten uns eine Weile über Gott und die Welt, nach dem langen Schweigen hat sie Nachholbedarf. Dann wird sie müde, der Vormittag hat sie erschöpft. Ich lasse sie in Ruhe und gehe leise aus dem Zimmer, um meinen Spaziergang zu machen. Als ich zurückkomme, sitzen Charlotte und ihr Mann am Tisch, Lilly hat Malzeug ausgebreitet und ist in ihre

Arbeit vertieft. Charlotte umarmt mich, „du bist ja richtig flott auf den Beinen, ich denke, in ein paar Tagen kannst du nach Hause."

Mein Schwiegersohn gibt mir die Hand. Wir mögen einander nicht besonders, er ist zum ersten Mal hier zu Besuch. Ich gehe ins Schwesternzimmer und bitte Amanda, uns Kaffee zu bringen. Sie schickt eine Schwesternschülerin mit vier gefüllten Plastikbechern vorbei, der Kaffee ist mäßig, Automaten-Kaffee eben. Wir nippen an unseren Bechern, das Gespräch will nicht in Gang kommen. „Ach, fast hätte ich es vergessen, eine Karte für dich von Onkel Christoph ist bei mir angekommen, aus Malaysia." Charlotte kramt in ihrer Tasche und reicht mir eine Ansichtskarte: „Hallo Schwesterlein, ich habe gehört, es geht dir nicht gut, halt die Ohren steif und mach mir keine Sorgen, dein kleiner Bruder." Sein Stil ließ schon früher zu wünschen übrig. Ich glaube, ich habe ihm gegenüber immer die Deutschlehrerin hervorgekehrt. Seine Karte rührt mich, anscheinend macht er sich wirklich Sorgen um mich.

Lilly zeigt mir ihr Werk. Ein Pferd auf grüner Wiese mit Holzgatter und Stall im Hintergrund. Ganz gut getroffen. „Sie will unbedingt reiten lernen" kommentiert meine Tochter das Bild, „ihre Freundin hat damit angefangen, die Eltern haben sie zum Reitkurs angemeldet und jetzt will sie natürlich auch. Reiten scheint der Traum aller kleinen Mädchen zu sein - aber Reiner ist natürlich dagegen." Und schon sind die beiden mitten im Vorstadium eines ausgewachsenen Ehekrachs, der wohl schon lange schwelt und irgendwann zum Ausbruch kommen wird. Ein Wort gibt das andere. Es geht im Grunde nicht um Reitunterricht für Lilly, das Thema ist eigentlich gleichgültig. Jedes Gespräch ist nur noch Vorwand für Streitereien. Wie gut ich das kenne! Ich weiß aus Erfahrung, dass kein Dritter da etwas ausrichten kann. Unsere Freunde gaben damals einer nach dem anderen auf, denn natürlich ist es für niemanden amüsant, zwei Menschen bei ihrem Ehekrieg zu beobachten und zu wissen, dass man irgendwann zwangsläufig hineingezogen wird. Reiner hat bald genug, er murmelt etwas von einem Termin, den er vergessen hat, verabschiedet sich und verlässt fluchtartig den Raum. Den Rest der Zeit verbringt Charlotte damit, sich über ihren Mann zu beklagen, ich höre nicht hin, bewundere Lillys Zeichnungen und bin froh, als die beiden aufbrechen. „Ich werde morgen einen Termin mit dem Oberarzt vereinbaren, ich denke, du bist wieder gesund und musst nicht mehr länger hier bleiben", sagt meine Tochter zum Abschied.

Nachdem Charlotte gegangen ist sehe ich mir die Karte noch einmal an, die mein Bruder geschickt hat. Sie kommt aus Kuala Lumpur - was hat er dort zu suchen? - und zeigt die Twin Towers, das moderne Wahrzeichen der Stadt. Ich muss an eine Filmszene denken: Ein Mann und eine Frau auf der Flucht, sie klettern an der Verbindungsbrücke zwischen den beiden Hochhaustürmen entlang, unter sich den Abgrund. Auf dem Foto sieht die Brücke aus wie ein Eisenbahnwaggon, der auf halber Höhe zwischen die beiden Wolkenkratzer geklemmt ist. Christoph hat etwas unter das Bild geschrieben, ich kann es kaum entziffern: „still alive". Ja, Bruderherz, du lebst noch! Es hätte auch anders kommen können, und daran war ich schuld, wieder einmal ich. Im Jahr nach dem Waldmädchen-Sommer verbrachten wir die Ferien wieder dort auf dem Bauernhof, ich verkrümelte mich so oft es ging in den Wald und suchte nach meiner geheimnisvollen Freundin, aber umsonst, sie zeigte sich nicht. Wäre das Zeichen an meinem Arm nicht gewesen, ich hätte mein Erlebnis inzwischen für bloße Einbildung gehalten. Immerhin fand ich die Lichtung wieder, wo ich ihr begegnet war, und auch die hohe Fichte, auf die wir zusammen geklettert waren. Aber vom Mädchen keine Spur. Nach ein paar Tagen verlor ich das Interesse und saß lieber mit meinem Buch am Waldrand unter der Eiche, dort, wo das Abenteuer begonnen hatte. Bis zu dem Nachmittag, als meine Eltern heftigen Streit bekamen. Sie stritten sich ab und zu, aber noch nie hatten sie sich so angeschrien, noch nie war es mir so ernst vorgekommen, ich versteckte mich mit Christoph auf dem Hof, klingelte sogar bei den Wirtsleuten, aber die waren nicht zuhause. Christoph heulte, und ich bekam wirklich Angst, ohne bestimmte Vorstellung, wovor, irgendwie dachte ich, unsere Eltern könnten sich oder uns etwas Schlimmes antun, ich wünschte mir, jemand käme uns zu Hilfe. Da fiel mir das Waldmädchen ein, bei ihr wären wir sicher! Ich nahm Christoph an der Hand und kletterte mit ihm die Kuhweide zum Wald hinauf. Wir waren schnell bei der Lichtung, Christoph hörte auf zu weinen, er fand es spannend im Wald, ich erzählte ihm von meinem Abenteuer und dass ich dem Waldmädchen versprochen hatte, ihn mitzubringen. Wir riefen gemeinsam nach ihr, aber sie blieb unsichtbar. Bei der großen Fichte befahl ich meinem Bruder, unten zu warten, kletterte ein Stück hinauf und hielt Ausschau, ob irgendwo eine weiße Fellweste zwischen den Bäumen hervorleuchtete, aber ich entdeckte nichts. Dann blieb uns nichts anderes übrig als zu ihrem Wohnort bei den Felsen zu gehen, sicher würden wir sie dort finden. Keine Ahnung, wie ich es geschafft habe, aber wir fanden den Ort tatsächlich, kletterten mitten in den Felshaufen hinein und suchten die Grotte, in der ich mit dem Mädchen übernachtet hatte. Und dann passierte es! Christoph stolperte, ich versuchte, ihn festzuhalten, aber seine Hand rutschte aus meiner, er schrie und verschwand in einer Spalte. Ich kletterte hinter ihm her, verlor aber auch den Halt und landete mit aufgeschürften Knien in einer Mulde. Christoph lag ein paar Meter weiter, regungslos. Ich schüttelte ihn, bis er endlich die Augen aufmachte, „mein Bein", heulte er, es lag so komisch verdreht da und er schrie wie am Spieß, als ich es versuchte, es grade hinzulegen. Sein Bein war gebrochen, wir waren gefangen in den Felsen, ich schaffte es nicht, aus der Spalte hinauszuklettern, geschweige denn, ihn hochzutragen. Es war die schlimmste Nacht meines Lebens, Christoph jammerte die ganze Zeit vor Schmerzen, wir hatten Durst und froren, zu allem Überfluss fing es an zu regnen. Irgendwann schlief ich vor Erschöpfung ein, mit der fast tröstlichen Gewissheit, dass wir nun beide sterben würden. Ich wachte davon auf, dass ein Hund mir übers Gesicht leckte, da war es früher Morgen. Sie brachten uns ins Krankenhaus, Christoph bekam einen Gips, dann fuhren wir nach Hause. Ich musste sofort ins Bett, mein Bruder durfte noch fernsehen. Irgendwann kam Vater zu mir herein, setzte sich auf die Bettkante und sah mich an, sagte kein Wort, sah mich nur an. Ich fing an zu heulen, und als ich damit fertig war und das Schluchzen aufhörte und ich wieder ein Wort herausbekam, sagte ich nur: „Ich habe das Waldmädchen gesucht! Ich wollte zum Waldmädchen!" Und dann erzählte ich ihm die Geschichte. Er hörte aufmerksam zu, und am Schluss nickte er, als wüsste er, wovon ich redete. „Das Waldmädchen findet man nicht, wenn man nach ihm sucht", sagte er, so als wäre es ihm auch schon mal begegnet, „und du darfst nicht vergessen, es existiert nur für dich, für niemanden sonst."

Mitten in der Nacht wache ich auf. Es ist still im Zimmer, stiller als sonst. Eine Weile liege ich im Dunklen und überlege, was anders ist, dann weiß ich es: Ich kann Karlas Atemzüge nicht hören. Mit angehaltenem Atem lausche ich zu ihrem Bett hinüber, nichts, Stille. Im Licht der Nachttischlampe stehe ich auf und gehe zu ihr. Sie liegt regungslos da, das Gesicht sehr weiß. Ich suche ihr Handgelenk unter der Decke, möchte mich fast entschuldigen, als ich es berühre, und kann keinen Puls fühlen. Dann gehe ich hinaus und hole die Nachtschwester. Sie ruft den Dienst habenden Arzt, er stellt fest, dass Karla gestorben ist. Sie schieben das Bett aus dem Zimmer. Karlas Gesicht sieht friedlich aus, sie hat alles geordnet hinterlassen, nun hat sie Ruhe. Dann bin ich allein im Zimmer. Ich lege mich wieder hin, eine große Leere gähnt dort, wo Karlas Bett stand, ein paar Flecken Mondlicht haben sich auf den Linoleumboden verirrt. Ich versuche, wieder einzuschlafen.

Finster, es ist finster - aber nicht ganz, die Mondlichtflecken sind an der Wand empor gewandert und leuchten schwach in den Raum. Ich schlafe nicht - oder doch? Jedenfalls schwebe ich mitten im Zimmer auf halber Höhe, unter mir steht mein Bett. Ich sehe mich darin liegen, eine graue Haarsträhne liegt über meinem Gesicht. Jetzt steige ich höher, hänge wie ein heliumgefüllter Luftballon unter der Decke. Mein Ich dort unten scheint zu träumen, dreht sich auf die andere Seite - ach ja, die Schulter tut weh, selbst im Traum, aber zum Glück merke ich hier oben nichts davon. Ich empfinde Sympathie mit der Frau dort unten, Mitleid vielleicht. Jemand hat einmal das Gewicht der Seele festgestellt, indem er Sterbende vor und nach ihrem Tod wog. Er kam auf genau einundzwanzig Gramm, so viel

Gewicht fehlte jedes Mal, wenn einer gestorben war. Einundzwanzig Gramm Seelensubstanz, ein kleines Materiewölkchen, das den Körper verlassen hatte, ein Teilchenschwarm.

Jetzt schwebe ich durch die Betondecke, ohne Widerstand. Das spricht eigentlich dagegen, dass es sich bei der Seelensubstanz um Materie handelt. Vielleicht eher um Energiequanten, etwa von der Art, wie sie seit dem Urknall heimatlos durch das Weltall vagabundieren, schwerelos, flüchtig, nicht zu fassen - jede Seele ein Echo des Anfangs. Beim Höhersteigen durchquere ich den Schlaf einer alten Frau, die im Zimmer über mir liegt, sehe ihren Traum, einen Traum von Kindern und Enkeln und Urenkeln. Ich flüchte durch das geöffnete Oberlicht und spüre Nachtluft um mich, durch mich hindurch. Der Klara-Baumgart-Teilchenschwarm dehnt sich aus in der lauen Sommernacht, kann fühlen und sehen, während er über die Klinik hinweg fliegt und immer höher steigt. Das große Gebäude mit den drei Flügeln nach Osten, nach Westen und nach Süden rotiert tief unten wie eine erleuchtete Raumstation. Nun sehe ich Straßen, auf denen sich Lichter bewegen, die Autobahn, eine rot und weiß pulsierende Ader im Dunklen. Aber ich steige weiter, den Sternen entgegen, alles unter mir wird klein, zu klein, um noch eine Rolle zu spielen. Hier oben ist es empfindlich kalt. Jemand meinte einmal, der Weltraum sei für Menschen ein ungastlicher Ort. Über mir werden die Sternbilder größer, die Sterne verschieben sich, ordnen sich neu, zu Bildern, die wir von der Erde aus nicht sehen können. Aber dort hinten erkenne ich den kleinen Bär, er ruft mir die Fahrt durch die Sierra Nevada ins Gedächtnis, diese endlose staubige Fahrt, Niko im Wagen vor mir macht Schlangenlinien auf der leeren Piste, hin und her, hin und her, dabei setzt er den Blinker links und rechts, links und rechts, um mich wach zu halten, und bremst immer wieder, rote und orangefarbene Irrlichter in der Nacht. Erinnern kann sich der Teilchenschwarm also noch, irgendetwas hält ihn zusammen, eine Kraft verhindert, dass er ins Weltall verdampft, etwas zieht ihn nach unten und lässt die Erde wieder näher kommen.

Elf Uhr vormittags, ich erwache mit dem Gefühl, dass etwas passiert ist - dann sehe ich es: Der Platz neben meinem Bett ist leer, und ich erinnere mich wieder. Karla ist heute Nacht gestorben.

Stella

Die Tür geht auf, Amanda schaut herein. „Sie sind wach, das ist gut! Jede Stunde habe ich nach Ihnen gesehen, zwischendurch hatte ich Sorge, dass sie Karla begleiten wollen, so still sind sie dagelegen, aber der Puls war regelmäßig - ich bringe Ihnen jetzt Frühstück." Sie verschwindet und kommt ein paar Minuten später mit einem besonders liebevoll arrangierten Frühstückstablett wieder herein. Ich habe einen Bärenhunger und mache mich gleich darüber her. Als sie das Tablett wieder abholt, steht jemand hinter ihr in der Tür, eine junge Frau. Ich kann ihr Gesicht nicht erkennen, sie verbirgt sich hinter Amandas breitem Rücken. „Da ist Besuch für sie, eine ehemalige Schülerin." Die Gestalt löst sich aus Amandas Schatten. Stella!

Stella, meine Lieblingsschülerin!

Ihre Eltern stammten aus Sizilien und betrieben in der Stadt ein kleines Restaurant mit italienischen Spezialitäten. Sie schlief oft in der ersten Schulstunde ein, weil sie jeden Abend im Lokal aushalf und viel zu spät ins Bett kam. Dabei verschwand ihr Gesicht hinter dem Rücken des Vordermannes, weil sie es in den auf dem Tisch verschränkten Armen vergraben hatte. Aber ich sagte nichts, zehn Minuten später war sie wieder hellwach und folgte dem Unterricht. Wie hat sie mich gefunden?

„Hallo Frau Baumgart", sagt Stella entschuldigend - es war ihre Art, sich immer für sich selbst zu entschuldigen - Amanda geht hinaus und schließt leise die Tür. „Es war nicht ganz einfach, sie zu finden!"

Sie schiebt einen Stuhl neben mein Bett und gibt mir, bevor sie sich hinsetzt, ein schmales Buch im Geschenkpapier meiner Lieblingsbuchhandlung. Ich packe es aus, Stella schaut mir gespannt dabei zu. Es ist „Die folgende Geschichte", eine Novelle des niederländischen Schriftstellers Cees Nooteboom. Ich streichle den Einband, es ist eine schöne, gebundene Ausgabe, sie wird neben dem zerlesenen Taschenbuchexemplar in meinem Regal stehen.

„Eigentlich hatte ich gehofft, Sie in der Schule zu treffen, aber dann sagte man mir, dass Sie - nun ja - aufgehört haben - sich vorzeitig pensionieren ließen - aus gesundheitlichen Gründen, hieß es."

Sie weiß nicht genau, ob sie mir wehtut, mit dem, was sie sagt. Das ist also die offizielle Auslegung: Vorzeitige Pensionierung aus gesundheitlichen Gründen!

„Zum Glück kannte mich die Sekretärin noch und hat mir Ihre Telefonnummer gegeben. Ich habe fast jeden Tag bei Ihnen angerufen, und irgendwann war dann Ihre Tochter am Apparat."

Charlotte also! Es wundert mich, dass sie Stella gesagt hat, wo ich mich aufhalte. Sie bewacht mich ja wie Cerberus höchstpersönlich - weniger um meiner Ruhe willen, nehme ich an, sondern weil sie sich für mich schämt und verhindern will, dass mich jemand so hilflos und wenig repräsentabel sieht, wie ich zur Zeit bin.

„Ich musste alle meine rhetorischen Fähigkeiten aufbieten, um sie davon zu überzeugen, dass ich Sie unbedingt sehen muss!"

Ich weiß genau, was sie meint! Stella war meistens schweigsam und in sich gekehrt, aber wenn ihr an etwas wirklich lag, konnte sie mit Engelszungen reden oder schneidend argumentieren, schmeicheln und sogar verletzend werden, wenn es Erfolg versprach, je nachdem, wen sie gerade vor sich hatte. Dieses Gespräch hätte ich wirklich zu gerne mitgehört! Ich kann nur vermuten, welche Taktik Stella angewandt hat: Zuerst schmeicheln, dann in die Enge treiben, oder umgekehrt? Bis jetzt habe ich noch kein Wort gesagt, ich will es auch vorerst dabei belassen und nur zuhören. Vielleicht denkt Stella, dass mir das Sprechen noch schwer fällt. Ich will wissen, warum sie hier ist, und ich glaube, es fällt ihr leichter, zum Kern der Sache zu kommen, wenn ich den Mund halte. Stella braucht noch etwas Anlauf, sie erzählt von ihrem Studium - natürlich studiert sie Literatur, das habe ich nicht anders erwartet. Meine letzte Abiturklasse, die Diskussion über „Die folgende Geschichte" fällt mir wieder ein.

Im Grunde hat sich damals schon abgezeichnet, dass ich nicht mehr lange Lehrerin sein würde. Meine Kraft ließ nach, meine Autorität bei den Schülern verflüchtigte sich. Vielleicht hatte ich auch keine Lust mehr auf den täglichen Machtkampf und verlor den Durchsetzungswillen. Immer öfter gab es Tage, an denen ich nicht durchkam. Sie ließen mich nicht zu Wort kommen, brüllten mich nieder, redeten mich an die Wand.
Es gibt etwas, das ein Lehrer niemals tun darf: Seine Klasse sich selbst überlassen, sich aus der Verantwortung stehlen. Aber einmal war ich so weit, ich stand auf, nahm meinen Mantel und schickte mich an, das Klassenzimmer zu verlassen. Die Türklinke in der Hand, drehte ich mich noch einmal um und rief in das Chaos hinein so laut ich konnte: „Wer kommt mit, wir gehen raus, in den Wald!" - ein letzter Versuch. Pfiffe, Gelächter. „Ah, in den Wald!", meinte jemand anzüglich. „Wer hat schon mal einen Pirol gesehen?" Mein allerletzter Versuch! Wieder Gelächter, aber Stella kam mit zu Hilfe: „Ja, ich! Letzten Sommer war ich mit meinen Eltern hier ganz in der Nähe wandern, da haben wir einen gehört und auch ganz kurz gesehen." Trotz ihrer leisen Stimme und ihrer zurückhaltenden Art konnte sie

sich jederzeit in der Klasse Gehör verschaffen. "Vielleicht ist es ja dieselbe Stelle, die ich auch meine, ein Pärchen brütet dort. Will jemand mitgehen?" Sie wollten plötzlich alle. Wir schlichen uns am Lehrerzimmer vorbei ins Freie und nahmen den Bus zum Stadtrand. Ich fand die Stelle wieder, wir pirschten uns an den Brutbaum der Pirole heran und beobachteten sie eine Weile beim Füttern ihrer Jungen. Das war pures Glück. So nah und deutlich hatte ich diese Vögel noch nie gesehen, und so still und konzentriert noch nie meine Schüler. „Jetzt stören wir sie nicht länger, außerdem hat schon die nächste Stunde angefangen. Euer Physiklehrer wird es mir nicht verzeihen, wenn er vor einem leeren Hörsaal steht, er kann mich sowieso nicht besonders leiden!"

Es gab Ärger, aber das war mir egal, wir hatten die Pirole gesehen, dafür lohnte es sich, den Job zu riskieren.

So ein Erfolg hält natürlich nicht lange vor, und ich konnte ja nicht immer in den Wald rennen, sobald die Klasse verrückt spielte. Also blieb ich beim nächsten Mal einfach an meinem Lehrertisch sitzen und ignorierte sie. Nach einer Weile legte sich der Lärm, es war anscheinend zu langweilig, wenn ich mich nicht provozieren ließ, und irgendwann fragte mich jemand, was für ein Buch ich da läse. So kamen wir auf Nooteboom, „Die folgende Geschichte", ein Buch, das nicht im Lehrplan stand.

Ich las es zum ersten Mal, kurz nachdem ich Stellas Klasse übernommen hatte, und identifizierte mich natürlich sofort mit Herrmann Mussert, dem Altphilologen und begnadeten Lehrer, den seine Schüler Sokrates nennen. Er spielt diese Rolle mit bewundernswerter Überzeugungskraft. Natürlich muss ein begnadeter Lehrer ein ebenso begnadeter Schauspieler sein, und wenn er in seiner letzten Unterrichtsstunde Platons Dialog Phaidon inszeniert, und das Schulzimmer sich in einen Bühnenraum und dieser sich in eine Gefängniszelle im Athen des Jahres dreihundertneunundneunzig vor Christus verwandelt, kann er vor den Augen seiner Schüler „Sokrates mit einer Würde sterben lassen, die sie in ihrem kurzen oder langen Leben nicht mehr vergessen werden." Mäuschenstill sitzt das Auditorium während Musserts Vorstellung, danach verschwinden alle mit verheulten Gesichtern in die Pause, und die übrigen Lehrer profitieren nicht ohne Neid von seinen pädagogischen Fähigkeiten („Wenn Kollege Mussert seine Sokratesnummer abgezogen hat, herrscht in der nächsten Stunde totale Ruhe").

Was hätte ich darum gegeben, auch nur ein kleines bisschen Sokrates zu gleichen, selbst um den Preis, so hässlich zu sein wie er! Natürlich glich Stella, meine Lieblingsschülerin, Musserts Lieblingsschülerin Lisa d'India („So jung, dass man mit ihr über die Unsterblichkeit sprechen konnte") - und sie beide waren wiederum Kriton, der Lieblingsschüler des echten Sokrates.

In diese verwickelte Geschichte war ich also vertieft, während die Klasse um mich herum tobte und meine Sokrates-Träume Lügen strafte. Aber ich habe mich von der Wirklichkeit noch nie ernsthaft in meinen Träumen stören lassen.

Und dann interessierten sie sich tatsächlich für dieses Buch. Ich nahm es ohne Zögern in den Lehrplan auf, in meinen ganz persönlichen Lehrplan, mit dem ich einzig und allein das Ziel verfolgte, meine Schüler zum Lesen zu bringen.

Da ich nicht Musserts pädagogische und schauspielerische Fähigkeiten besitze, war eine gelungene Unterrichtsstunde für mich immer ein Glücksfall, der sich nicht bis ins Letzte vorausplanen ließ. Überhaupt habe ich nur wenige erlebt (als Schülerin wie als Lehrerin), die diese Prädikat verdienten, aber die Stunde, in der wir über Nootebooms Novelle sprachen, gehörte zweifellos dazu. Wie gesagt, das Buch stand nicht auf dem Lehrplan, doch zu meiner Überraschung hatten es alle gelesen. Damit hatte ich nicht gerechnet. Die Lesequote bei verordneter Literatur lag normalerweise bei etwa zwanzig Prozent, wobei ich nicht selten die Schüler bewunderte, die über einen ungelesenen Roman eine Viertelstunde lang reden konnten und oft auch noch überzeugende Argumente vorbrachten.

Zunächst sah es allerdings so aus, als hätte der Text meine Schüler überfordert. „Ich kapiere diesen Mist nicht!", eröffnete ein Junge die Diskussion und knallte das durchgearbeitete Taschenbuch auf den Tisch (es war mit Sicherheit das erste in seinem Leben, das er von Anfang bis Ende gelesen hatte).

„Wo liegt das Problem?"

Ich kam gar nicht erst zu Wort, die Schüler übernahmen den Unterricht, sie wollten sich darüber klar werden, was sie gelesen hatten, und dazu brauchten sie meine Anleitung nicht.

„Schon auf der ersten Seite! Bitte, erkläre mir mal, was das heißen soll: ‚Ich war mit dem lächerlichen Gefühl wach geworden, ich sei vielleicht tot' - also, wenn man tot ist, weiß man das genau und hat nicht nur so ein Gefühl, und schon gar kein lächerliches! Außerdem wacht man dann nicht mehr auf, das ist meine Meinung, und man kann auch nicht mehr essen und sich im Spiegel betrachten, wie dieser Mussert es dauernd tut."

Damit waren wir bereits mitten in der Novelle, die auf der Schwelle zwischen Leben und Tod spielt. Mussert, der vorzeitig aus dem Schuldienst entlassene Lehrer (zumindest in dieser Hinsicht würde ich ihm einmal gleichen), legt sich in seiner Amsterdamer Wohnung ins Bett, um nicht mehr aufzuwachen - jedenfalls nicht mehr dort, denn er erwacht in einem Hotelzimmer in Lissabon, mit dem ihn eine Erinnerung verbindet. Es geht in diesem Buch also um den Tod und um das, was danach kommt - von den vier Beweisen für die Unsterblichkeit der Seele, die Sokrates seinen Schülern in der Athener Gefängniszelle darlegt, bis zum Brutverhalten Totengräber-Käfer, deren Weibchen seine Eier in einer kunstvoll aus einem Rattenkadaver angefertigten Aaskugel ablegt. Starker Tobak für Fünfzehnjährige, das gebe ich zu. Aber sie erwiesen sich im Lauf dieser Stunde als Experten für diese Fragen.

„Ich werde mein Studium abbrechen."

Die ganze Zeit über habe ich Stella nicht zugehört, sondern bin meinen Gedanken nachgegangen, während sie sprach. Das ist die Gefahr, wenn man nicht antworten muss. Aber dieser Satz lässt mich aufhorchen. Habe ich richtig verstanden? Stella, der Literatur so viel bedeutet, die begabte Autorin - wie um alles in der Welt kommt sie auf diese Idee?
„Ich habe Ihnen ja erzählt, dass meine Mutter einen Schlaganfall hatte. Weil gerade Semesterferien waren, konnte ich Vater im Restaurant helfen, aber nun ist Mutter aus der Reha zurück, und es ist klar, dass sie nicht mehr arbeiten kann. Es ist einfach zu anstrengend für sie, bis spät in den Abend die Gäste zu bedienen - und jemanden einstellen, dafür reicht es eben nicht. Also werde ich Schluss machen mit dem Studieren und mit Vater zusammen das Restaurant übernehmen. Die Berufsaussichten für Literaturwissenschaftler sind sowieso nicht gerade rosig. Lehrerin will ich nicht

werden, dafür habe ich keine Begabung (das sehe ich anders, aber wie soll ich sie überzeugen?) - und sonst? Verlagslektorin, das wäre ein Traumjob, aber den zu bekommen ist ja so etwas wie ein Lottogewinn!"

Ich sehe sie an, ich weiß nicht, was ich sagen soll, ich nehme ihre Hand. Wie soll ich ihr begreiflich machen, dass niemand das Recht hat, über ihr Leben zu bestimmen, auch nicht ihre Eltern? Aber vielleicht hat Stella es ihnen noch gar nicht gesagt. Sie will etwas von mir, deshalb ist sie hergekommen. Sie sucht Rat bei ihrer alten Lehrerin - sie kann nicht ahnen, wie wenig ich von der Lehrerin halte, die ich einmal war, wie weit ich mich von all dem entfernt habe. So weit, dass ich nicht mehr daran erinnert werden will!

Noch einmal Niko

Nachdem Stellas Klasse von der Schule abgegangen war, änderte sich die Atmosphäre. Unterrichtsstunden, die auch nur annähernd an unser Gespräch über „Die folgende Geschichte" herankamen, wurden immer seltener. Ich hatte das Gefühl, die Schüler nicht mehr zu erreichen, nichts mehr von dem zu verstehen, was sie beschäftigte. Oft liefen die Diskussionen im Unterricht auf so etwas wie Gehaltsverhandlungen hinaus: Wie viel Leistungspunkte war mein heutiger Beitrag wert? Was für eine Note steht mir für mein Engagement im Unterricht zu? Die Hartnäckigkeit, mit der um Stellen hinterm Komma gekämpft wurde, war sicher eine effektivere Vorbereitung auf die Härten des Berufslebens, als Gespräche über die Pubertätsprobleme von Holden Caulfield oder den Liebeskummer von Edgar Wibeau! Sobald der gewünschte Notendurchschnitt erreicht war, schalteten die meisten Schüler ab - und unter dem Tisch das Handy an. Ich fühlte mich zunehmend fehl am Platz. Außerdem lief eine Intrige gegen mich im Lehrerkollegium. Oft wurde es plötzlich still, wenn ich das Lehrerzimmer betrat. „Sei vorsichtig, man versucht, dir nachzuweisen, dass dein Unterricht nicht effizient genug ist, dass deine Schüler dem erforderlichen Leistungsniveau hinterherhinken. Ein paar Eltern sollen sich beschwert haben", warnte mich eines Tages Amelie, eine junge Kollegin, die erst vor kurzem an die Schule gekommen war und mit der ich mich ein wenig angefreundet hatte. Und in dieser angespannten Situation erschien an einem wunderschönen Sommermorgen Niko in meiner Klasse.

Er hieß natürlich nicht Niko.

Das schulterlange schwarze Haar, das ebenmäßige Gesicht mit den dunklen Augen und dem messianischen Zug - zum ersten Mal kam mir der Gedanke, dass der echte Niko vielleicht nicht mehr am Leben war, wie sonst hätte er in Gestalt dieses Jungen wieder unter uns wandeln können? Nun war er also zum zweiten Mal in meiner Klasse gelandet, und jeden Morgen, wenn ich ihn dort sitzen sah, auf seinen Stuhl gelümmelt, die Beine unter dem Tisch ausgestreckt, ein spöttisches Grinsen im Gesicht, versetzte es mir einen Stich. Er verwirrte mich, die Erinnerung kam mir in die Quere, klar, dass das alles nicht dazu beitrug, mein Selbstbewusstsein den Schülern gegenüber zu stärken. Von Anfang an beherrschte er die Klasse, scharte Anhänger um sich und mobbte alle, die ihm nicht zusagten. Mir, der Klassenlehrerin gegenüber verhielt er sich zunächst abwartend. Er war sich nicht sicher, wie er mich einschätzen sollte, denn manchmal gelangen mir noch überzeugende Vorstellungen. Manchmal wehte noch der Hauch von Sokrates durch meine Unterrichtsstunden - aber er hatte meine Unsicherheit bald durchschaut, und auch, dass ich im Lehrerkollegium auf verlorenem Posten stand, keine Verbündeten mehr hatte außer vielleicht Amelie. Überhaupt taxierte er blitzschnell die Stärken und Schwächen seines Gegenübers - und es waren besonders die Schwächen, die ihn interessierten.

Eines Tages gab er ein Referat über Hölderlin bei mir ab, eine hervorragende Arbeit, beinahe auf Universitätsniveau, detailreich und einfühlsam - keinen Satz davon hatte er selbst geschrieben! Ich verbrachte Tage am Computer, um im Internet das Original aufzustöbern, vergeblich, er musste es anderswo her haben. Wie immer hatte er es geschafft, jemanden für seine Zwecke einzuspannen.

„Das ist ein wirklich gutes Referat", sagte ich, als er mich wegen der Bewertung sprechen wollte, ich hatte absichtlich darauf gewartet, dass er von sich aus zu mir kam. „Es hat nur einen Fehler: Es stammt nicht von Ihnen." Einen Augenblick zögerte er, eine so direkte Aussage hatte er wohl nicht von mir erwartet, aber dann lächelte er mich freundlich an: „Natürlich ist das nicht von mir, aber Sie werden es mir nicht nachweisen können. Also geben Sie mir die Note, die der Arbeit angemessen ist."

Er hatte Recht, ich konnte ihm nichts nachweisen. Trotzdem war ich dumm genug, nicht so einfach nachzugeben, und gab ihm eine schlechtere Bewertung. Prompt erschien Nikos Vater in der Schule - nicht etwa bei mir, er sprach beim Direktor vor, dem jede Kritik an der ohnehin unbeliebten Frau Baumgart nur gelegen kam. Ich musste die Note korrigieren und wurde dazu angehalten, mich bei dem Schüler für die ungerechte Bewertung zu entschuldigen.

Niko hatte auf ganzer Linie gesiegt!

Zu allem Überfluss wurde nun auch noch eine Prüfungskommission angekündigt, die im Zuge der Pisa-Studie stichprobenartig in den Unterrichtsstunden den Leistungsstand von Schülern und Lehrern ermitteln sollte. Natürlich würden sie auch zu mir kommen. Ich versuchte, mich darauf vorzubereiten, aber meine Angst vor der Vorführstunde wuchs von Tag zu Tag. Schließlich war es so weit. Eines Morgens vor Unterrichtsbeginn informierte der Direktor das versammelte Kollegium, dass er zusammen mit dem Schulrat heute und am folgenden Tag in verschiedenen Unterrichtsstunden anwesend sein würde, um sich ein Bild von unserer Arbeit zu machen. Dann nannte er die Namen der Lehrer, die überprüft werden sollten. Meiner wurde als erster genannt - Fluch des Anfangsbuchstabens - ich würde gleich in der ersten Stunde drankommen. Amelie drückte mir beim Hinausgehen die Hand, „Kopf hoch, es wird schon alles gut gehen!" Aber es ging nicht gut. Im Gegenteil. Ich betrat die Klasse mit wackligen Knien und einem flauen Gefühl im Magen. Die Prüfer saßen schon auf ihren Stühlen ganz hinten und nickten mir zu. „Tun Sie einfach so, als wären wir nicht da", sagte der Direktor jovial, ich schluckte und nickte. Als ich mich der Klasse zuwandte, sah ich, dass Niko fehlte, und trug einen Vermerk ins Klassenbuch ein. Dann begann ich mit dem Unterricht, oder versuchte es zumindest. Aber ich kam mir vor wie hinter einer Glasscheibe, nichts von dem, was ich sagte, drang zu meinen Schülern durch. Mit apathischen Mienen hingen sie auf ihren Stühlen, ein Mädchen legte den Kopf auf die verschränkten Arme und schien einzuschlafen. Ich dachte an Stella, bei ihr hatte ich das durchgehen lassen, aber bei ihr hatte es gute Gründe. Mein Ton geriet etwas zu barsch, als ich das Mädchen zur Ordnung rief. Sie reagierte mit ausführlichem Gähnen, die anderen schienen noch stiller zu werden, undurchdringliches Schweigen. Ich redete gegen eine Wand, wurde immer nervöser und verhaspelte mich - vor zwanzig Jahren wäre ich heulend hinausgerannt.

Plötzlich flog die Tür auf. Niko betrat den Raum. Er legte ein Attest auf meinen Tisch, ging an seinen Platz und ließ sich auf den Stuhl fallen. Ich starrte ihn fassungslos an: Er trug einen langen schwarzen Ledermantel - er trug seinen langen schwarzen Ledermantel! Ich glaubte, die abgewetzten Stellen daran wieder zu erkennen. „Frau Baumgart, würden Sie bitte mit dem Unterricht fortfahren, der Schüler hat Ihnen ja ein Attest vorgelegt." Ich warf einen Blick darauf, die Buchstaben verschwammen vor meinen Augen, dann sagte ich zu Niko: „Bitte, würden Sie den Mantel ausziehen und an die Garderobe hängen." Meine Stimme klang, als hätte ich die Erkältung und nicht er. Der Angesprochene sah mich an, als hätte ich etwas auf Chinesisch zu ihm gesagt.

„Tut mir leid, Frau Baumgart, wenn Sie mein Mantel stört." Er grinste, als wüsste er, was es mit diesem Mantel auf sich hatte. „Aber der Arzt sagte, ich soll mich warm halten." Gelächter. Danach lief die Stunde vollends aus dem Ruder. Die Klasse ignorierte meine Anwesenheit, sie unterhielten sich, telefonierten, Musik tönte aus diversen Ohrstöpseln, ich war hilflos. Irgendwann erlöste mich das Klingeln von meiner Pein. „Eine schlimmere Unterrichtsstunde habe ich noch nicht erlebt", hörte ich den Schulrat beim Hinausgehen zum Direktor sagen, und ich konnte ihm nur zustimmen. Ich weiß nicht mehr, wie ich den Rest des Tages überstanden habe.

Als ich die Schule verließ, stand Niko an der Tür, lässig die Hüfte angelehnt, rauchend. Das wunderte mich, meines Wissens hatte er keine Laster, zumindest keine menschlichen - er bedachte mich mit seinem unverschämten Grinsen. Ich hatte nichts zu verlieren, das war in diesem Augenblick meine Stärke. Ich blieb stehen und sah ihm ins Gesicht. „Ein schönes Leben wünsche ich Ihnen", sagte ich zu Niko, sein Blick begann zu flackern, er ließ die Kippe auf den Boden fallen, trat sie aus, drehte sich auf dem Absatz um und verschwand in der Aula.

Dass ich Niko und die anderen Schüler meiner Klasse nie mehr zu Gesicht bekommen würde, hatte ich in diesem Augenblick noch nicht ahnen können. Auf dem Nachhauseweg fiel ich aus dem Bus, verlor ganz einfach beim Aussteigen das Gleichgewicht und landete auf dem Bordstein. Ein heftiger Schmerz in meinem rechten Knöchel, ich sah, dass der Fuß verdreht war. Für einen Moment wurde mir schwarz vor Augen. Jemand hob mich auf und zog mich vom Bordstein weg. Man legte mich vorsichtig auf den Bürgersteig, eine Frau schob mir meine Tasche unter den Kopf, fragte, wie es mir gehe. „Der Notarzt kommt in ein paar Minuten." Aus Schmerz und aus Dankbarkeit liefen mir die Tränen übers Gesicht, ich konnte es nicht verhindern. Es war ein komplizierter Bruch, ich wurde noch am gleichen Tag operiert. Einige Wochen später, nach Klinik und Reha-Aufenthalt, betrat ich an einem Montagmorgen, immer noch ein wenig humpelnd, die Schule. In der Aula fing mich der Direktor ab und bat mich in sein Büro. „Frau Baumgart", setzte er an, nachdem er sich hinter seinen Schreibtisch zurückgezogen hatte. „Ich muss mit Ihnen reden."

Das hatte ich mir schon gedacht. Keine Frage nach meinem Befinden, ob mein Fuß noch schmerzte, er kam gleich zur Sache. „Dieser Unfall hat Ihnen sicher zu denken gegeben. Wie schnell kann man die Mobilität einbüßen, Gesundheit ist ein hohes Gut, das Höchste, meine ich - kurz, Sie sind jetzt in einem Alter, in dem Sie das Leben genießen sollten, statt sich weiterhin den Schuldienst anzutun. Es wird in den nächsten Jahren gewiss nicht einfacher werden, diesen Beruf auszuüben. Sie wissen ja selbst, die Anforderungen steigen, manche Schüler sind gnadenlos, da muss man sich durchsetzen können. Ich will nicht darum herumreden, ich möchte Ihnen den Vorschlag unterbreiten - Sie wissen, es besteht für Sie die Möglichkeit, sofort und übergangslos in den vorzeitigen Ruhestand zu treten, mit ganz geringen finanziellen Einbußen. Ich möchte Sie dringend bitten, es sich zu überlegen. Ihre Klasse hat übrigens Frau Helmut übernommen." Amelie Helmut, meine junge Kollegin und Freundin. „Sie kommt ganz gut mit dem schwierigen Haufen zurecht. Ich möchte Ihnen das wirklich nicht mehr zumuten."

Ich stand von meinem Stuhl auf, gab meinen ehemaligen Direktor die Hand und dankte ihm für gute Zusammenarbeit. Er lächelte schief, hatte wohl nicht erwartet, dass es so reibungslos gehen würde. Die Aula war leer, erste Stunde, alle in ihren Klassenzimmern, das gedämpfte Geräusch von Lehrer- und Schülerstimmen hinter geschlossenen Türen. Ich ging hinaus auf den Pausenhof, die Treppe hinunter - der Abschied von der Schule verlief bei mir weit weniger dramatisch als bei Herrmann Mussert, eher beiläufig, aber er warf mich trotzdem aus der Bahn. Ich war keine Lehrerin mehr.

Ein bisschen Zeit

Noch immer halte ich Stellas Hand, wie blöd, aber sie entzieht sie mir nicht. Und jetzt sage ich etwas, das ich eigentlich nicht hatte sagen wollen. Etwas, das ich nur sagen kann, weil die Sprache über das Futur verfügt und uns die seltsame Möglichkeit gibt, über Sachverhalte nachzudenken und zu entscheiden, die noch nicht in den Bereich des Realen gehören: ich gebe ein Versprechen. Ich verpflichte mich zu etwas, das in der Zukunft liegt, und erkenne damit die Existenz einer zukünftigen Klara Baumgart an, einer Klara Baumgart außerhalb dieser Klinik, einer in ihre Wohnung und zu ihrem Leben zurückgekehrten Klara Baumgart.

Meine Stimme wackelt ein bisschen, als ich sage: „Stella, du weißt sicher, wie ich über deinen Entschluss denke, das Studium abzubrechen. Andererseits kann ich dich verstehen, du bist das einzige Kind, deine Eltern brauchen dich. Ich möchte dir einen Vorschlag machen. In ein paar Tagen bin ich wieder zuhause, dann setzen wir uns zusammen, du, deine Eltern und ich, und sprechen über alles. Ich bin sicher, dass wir gemeinsam eine Lösung finden werden!"

Meine ehemalige Schülerin wird für einen Moment wieder das Kind, das sie damals war, als ich die Klasse übernahm, und kämpft mit den Tränen. Sie drückt meine Hand, dass es wehtut, dann kramt sie einen Zettel aus der Tasche, darauf notiert sie zwei Telefonnummern, ihre und die ihrer Eltern. Ich lege den Zettel in „Die folgende Geschichte". Beim Zuklappen springt mir der Satz ins Auge: „Konversation besteht nun einmal größtenteils aus den Dingen, die man nicht sagt." Wie wahr!

Nun habe ich also wieder eine Zukunft. „Danke, Frau Baumgart, auf Wiedersehen!" Sie lächelt wieder, winkt noch einmal, dann ist die Türe zu, und ich frage mich, ob sie wirklich hier in diesem Zimmer war oder nur in meiner Einbildung. Aber da liegt das Buch, und der Zettel mit den Telefonnummern schaut daraus hervor. Und nun fällt mir wieder ein, was Stella damals am Ende der Stunde gesagt hatte, als das Gespräch allmählich erstarb. Alle schienen erschöpft zu sein, das Feuerwerk war abgebrannt. Da stellte jemand in die Stille vor dem Pausenklingeln hinein die halb ironisch gemeinte Frage: „Und was lernen wir nun daraus?"

Wir hatten unseren Sokrates bei seinen Spaziergängen durch Lissabon begleitet, wir waren ihm in seine Erinnerungen gefolgt bis zu dem Tag, an dem die sorgfältig geknüpfte Beziehungskonstellation in einer Katastrophe endet, Lisa d'India stirbt und Herrmann Mussert von der Schule fliegt. Wir hatten gesehen, wie er in Lissabon mit sechs Fremden ein Schiff besteigt, das seine Passagiere zum Amazonas bringt, ins Schattenreich, und wie er auf dieser Fahrt seiner Kriton wieder begegnet, die ihm zuhört und damit das Ende der Novelle zu ihrem Anfang werden lässt.

„Unsterblich sein heißt, jemandem seine Geschichte erzählen", hatte Stella geantwortet.

Amanda hat mein Bett ans Fenster geschoben, auf Karlas Platz, wo mich Sonne und Mond bescheinen. Sie schüttelt mein Kopfkissen aus, schickt ein Gestöber von Staubfäden durch den Sonnenstrahl, der schräg im Zimmer steht, und schwingt das Laken wie eine Siegesfahne über ihrem Kopf. Nun habe ich das Zimmer für mich allein, was mir auch nicht schlecht gefällt, aber trotzdem werde ich allmählich ungeduldig. Seit ich nach Hause will, wird mir die Zeit lang, ich warte auf einen

Entlassungstermin, aber auf einmal scheinen mich alle vergessen zu haben. Kein Arzt zeigt sich, auch Amanda schaut nur noch selten vorbei und hält sich bedeckt, wenn ich sie frage. Vormittags mache ich meinen Spaziergang, den Rest des Tages verbringe ich im Zimmer, lese viel - Charlotte hat mir Bücher mitgebracht - und gehe sogar ab und zu in den Gemeinschaftsraum, wenn mir danach ist, fernzusehen oder mich mit jemandem zu unterhalten. Sarah hat mich vor ein paar Tagen besucht, um sich noch einmal für meine Hilfe zu bedanken. „Wenn Sie wieder zuhause sind, müssen Sie mich unbedingt besuchen. Ich möchte Ihnen doch Karlas - mein Haus zeigen, all die Erinnerungsstücke meiner Großmutter, und natürlich auch meine Bilder! Ich komme gut voran mit dem Studium."

Ich verspreche es ihr - schon wieder ein Versprechen auf die Zukunft - eine Zukunft, die noch keine deutlichen Konturen annimmt. Gleichzeitig habe das Gefühl, dass meine Erinnerungen aufgebraucht sind.

Ich schlafe unruhig und träume schlecht, Klinikträume. Das kommt wahrscheinlich von meinen einsamen Wanderungen durch das Gebäude. Allmählich kenne ich jede Aussicht vom Dachgeschoss (nur den Südflügel meide ich), aber irgendwie sieht die Umgebung immer wieder anders aus. Die bewaldeten Berghänge im Osten rücken näher und entfernen sich wieder, die Straße, die ich vom äußersten Ende des Westflügels aus sehe, windet sich einmal rechts, ein andermal linksherum, Häuser und Bäume verändern ihre Standorte. Vielleicht liegt es ja nur daran, dass ich immer wieder den Standort wechsle und die unterschiedlichen Perspektiven nicht zur Deckung bringe. Bei klarer Luft erhebt sich eine Bergkette im Süden. Wie eine Fata Morgana steht sie am Horizont, weiß und zackig und gespenstisch deutlich -

am nächsten Tag ist sie wieder verschwunden. Noch immer ist mir nicht klar geworden, wo genau die Klinik liegt. Ich könnte Amanda fragen oder Charlotte, aber ich möchte nicht zugeben, dass mir die Orientierung in der Welt anscheinend abhanden gekommen ist. Nachts im Traum setze ich dann meine Wanderungen fort und gerate an seltsame Orte. Die Flure liegen im grünen Dämmerschein der Notbeleuchtung, von draußen scheint der Vollmond herein. Ich möchte nach oben, um die von seinem Licht versilberte Landschaft zu betrachten. Geräuschvoll öffnet sich die Fahrstuhltür, rumpelnd setzt sich die Kabine in Bewegung - tagsüber ist mir nie aufgefallen, wie viel Lärm der Aufzug macht, jetzt habe ich Angst, die ganze Klinik aufzuwecken. Im Dachgeschoss verlaufe ich mich, alles sieht anders aus als heute morgen. Vielleicht kann man noch weiter nach oben, hinaus auf's Dach, da müsste die Sicht noch schöner sein. Eine Tür steht offen, ich gehe hindurch und befinde mich in einem Zimmer. Bücherregale bis unter die Decke, ein riesiger Schreibtisch, darauf ein Himmelsglobus und eine alte Olivetti, fast ein Muse- umsstück - ein Blatt Papier ist darin eingespannt. Ich lese: „Lass dir die Welt nicht klein reden."

„Und vergiss unsere Gespräche im Turmzimmer nicht", schreibe ich darunter, die Tasten knallen mit trockenem Anschlag auf's Papier. Natürlich habe ich es gleich gewusst, es ist das Zimmer meines Vaters. Neben dem Fenster, vom Mondlicht beschienen, steht ein Regal mit Leitzordnern. Das hat mir Vater nie gezeigt. Ich trete näher. Auf den Rücken der Ordner stehen Namen. Die Namen von Patienten dieser Klinik, jeweils mit Geburts- und Sterbedatum. Ich sehe Karlas Namen. „Karla Steinhart", darunter zwei Daten. Der Ordner daneben trägt meinen Namen. „Klara Baumgart", da- runter zwei Daten, mein Geburtsdatum und - bevor ich das andere Datum entziffern kann, höre ich plötzlich Lärm auf dem Flur. Leute gehen dort entlang, Patienten, Ärzte, Schwestern, Pfleger, die Patienten in Rollstühlen schieben. Ich vergesse das ominöse Datum und mische mich unter sie, möchte wissen, wohin sie gehen mitten in der Nacht. Im Gänsemarsch klettern wir eine schmale Stiege hinauf und stehen auf dem Klinikdach. Alle versammeln sich auf einer kleinen erhöhten Plattform und schauen in den Himmel, als gäbe es gleich etwas Besonderes zu sehen. Es ist kalt hier oben, fast wie im Winter. Und dann sehe ich, dass die Bäume unten im Park kahl sind. Der Vollmond steht direkt über uns, um ihn herum die Sternbilder, kleiner Bär, großer Wagen, Kassiopeia. Und dort am Horizont, über die zackige Linie der Schneeberge hingelümmelt, die Hüfte lässig an einen Gipfel gelehnt, den Hund Sirius zwischen den Ohren kraulend, im Gürtel die geladene Pistole - Orion, großer Jäger! Du streichst dir eine schwarze Haarsträhne aus dem Gesicht und schickst mir aus den Tiefen des Alls ein spöttisches Lächeln herüber.

Beim Aufwachen erwischt mich dann doch wieder eine Erinnerung. Ich stand mit Charlotte auf dem kleinen Balkon meiner Wohnung, das war kurz nach der Scheidung. Ich war gerade erst eingezogen, die Umzugskisten noch nicht ausgepackt, in den Zimmern sah es chaotisch aus, nur die Küche war bewohnbar. Wir standen draußen und warteten auf die Sonnenfinsternis. Auch auf den anderen Balkonen standen Leute und starrten in den Himmel, Schutzbrillen vor den Augen. Wir befanden uns direkt im Bereich des Kernschattens, die Stadt war voller Menschen, wer Verwandte oder Bekannte in diesem, quer über Deutschland verlaufenden Streifen besaß (oder rechtzeitig ein Hotelzimmer bestellt hatte), war angereist. Am Vormittag erstand ich zwei der letzten Schutzbrillen, die noch zu haben waren, und nun beobachteten wir gebannt, wie der Mond langsam über die Sonne kroch. Natürlich hatte ich Stifters Beschreibung einer Sonnenfinsternis im Hinterkopf und wartete auf das große, erschütternde Erlebnis. Aber es würde wohl ausbleiben, denn der Himmel zog sich zu, die schrumpfende Sonne schaute immer seltener zwischen den Wolken heraus, und noch bevor sie zur Hälfte von der schwarzen Mondscheibe zugedeckt war, schloss sich die letzte Lücke zwischen den Wolken. Es fing leicht zu regnen an. Enttäuscht nahmen wir die Schutzbrillen ab. Da hatte man einmal im Jahrtausend Gelegenheit, ein solches Ereignis vom eigenen Balkon aus zu sehen, und natürlich regnete es!

Langsam wurde es dunkler, wie bei einem Unwetter oder am frühen Abend. Das wird es wohl gewesen sein, dachte ich, ein bisschen Düsternis mitten am Tage, nichts Weltbewegendes. Es wurde noch dunkler. Dunkler als es - egal bei welcher Witterung - am Tag jemals werden kann. Gut, beeindruckend, aber ich hatte mehr erwartet von der „Sofi". Es wurde noch dunkler. Es wurde völlig finster. Finsterer als mitten in der Nacht, denn auch die Stadt, die Häuser, die Straßen blieben dunkel, kein Licht brannte, kein Stern war zu sehen. Es wurde so finster, wie ich es noch nie erlebt hatte, und das um halb ein Uhr mittags! Das warf mich um, tatsächlich, obwohl ich es doch erwartet hatte. aber die archaische Gewissheit tief in meinem Stammhirn, dass die Sonne bei Tag nicht untergeht, hatte sich offensichtlich nicht durch den Medienrummel und die täglichen Zeitungsberichte beeinflussen lassen. Mein Stammhirn sagte mir: In diesem Moment geschieht etwas, das nicht geschehen kann und nicht geschehen darf, und wenn es sich wider Erwarten nicht um das Ende der

Welt handelt, dann muss es ein Zeichen sein! Plötzlich spürte ich Charlottes Hand in meiner.

Die Tage werden heißer, ich flüchte in den Park. Er ist weitläufig, trotzdem kann man sich nicht darin verirren, außerdem habe ich ihn schon auf den Spaziergängen mit Amanda erkundet. Aber ich finde immer wieder etwas Neues, stehe plötzlich an Orten, an denen ich noch nie war. Manche dieser vermeintlichen Neuentdeckungen sind wohl meinem schlechten Orientierungssinn geschuldet, aber diesen See, an dessen Ufer ich jetzt stehe, habe ich wirklich noch nie gesehen! Dabei liegt er an einem der Hauptwege. Eine große, schön angelegte Wasserfläche mit Schilf und Seerosen und einem hölzernen Badesteg, der ein Stück weit ins Wasser ragt. Am liebsten würde ich sofort hineinspringen, schwimmen, zum Wasserwesen mutieren, aber ich begnüge mich damit, die Hosen hochzukrempeln und meine Füße vom Steg baumeln zu lassen. Das Wasser ist herrlich kühl, die Erfrischung fließt langsam durch meine Glieder. Dann lege ich mich bäuchlings auf den Steg, die Hände unter dem Kinn, und schaue ins Wasser, das sehr klar ist. Den Boden bedeckt heller Sand, der See scheint erst vor kurzem angelegt worden zu sein. Ein Schwarm Goldfische kreuzt zwischen den Seerosenstängeln und schießt in alle Richtungen auseinander, als ich die Hand hebe. Koy-Karpfen schweben im Sonnenlicht, man hat an nichts gespart - dort drüben steht ein besonders großer, er ist silbrig, sein Schuppenpanzer reflektiert die Sonnenstrahlen wie Metall. Reglos steht er über seinem Schatten und scheint über etwas nachzudenken.

Auf dem Rückweg verlaufe ich mich doch tatsächlich! Ich nehme den Weg durch das kleine Waldstück, um nicht in der prallen Sonne zu gehen. Es ist nur ein kleines Wäldchen, und trotzdem - ich bin vom Weg abgewichen, das hätte ich nicht tun sollen. Aber da war ein Pirol, ganz sicher, ich hörte ihn rufen und bildete mir ein, dass sein gelbes Gefieder zwischen den Baumkronen aufblitzte. Ich wollte ihn aus der Nähe sehen, aber dann ist er plötzlich verschwunden. Vielleicht war es nur eine Einbildung. Und nun stehe ich auf dieser kleinen Lichtung, die Sonne scheint herein, in der Mitte ragt ein rechteckiger Felsblock wie ein Altar aus dem Gras. Ich trete näher. Auf der glatten Steinplatte liegt eine gelbe Feder, als hätte sie jemand für mich dort hingelegt - plötzlich wird mir unheimlich an diesem Ort. Ich drehe mich um, will zurück zum Weg, aber nun habe ich die Richtung verloren. Eine Weile schlage ich mich durchs Gestrüpp, stolpere über Moosbüschel, bleibe an Brombeerranken hängen, trockene Zweige knacken unter meinen Füßen. Ein Schwindel erfasst mich, vergeblich versuche ich, die Angst zu unterdrücken, rede mir gut zu. Es gibt keinen Grund zur Panik, wenn du geradeaus gehst, kommst du ganz schnell wieder aus dem Wald heraus, dort drüben muss die Klinik sein. Dann sehe ich etwas Helles zwischen den Baumstämmen. Ein Pfleger schiebt eine Patientin im Rollstuhl vorbei. Ich bin wieder auf dem Hauptweg, bleibe einen Moment hinter den Bäumen stehen, bis die beiden sich ein Stück entfernt haben, und folge ihnen im Abstand. Noch nie war ich so froh, das Klinikgebäude zu sehen! Ich werde niemandem von diesem Ausflug erzählen, auch Amanda nicht, es ist mir zu peinlich! Mein Orientierungssinn war schon immer katastrophal, ich bringe es fertig, mich in einem Restaurant auf dem Rückweg von der Toilette zu verlaufen. Oder in der Wohnung von Maries Eltern, vor vielen hundert Jahren - so scheint es mir jedenfalls - die Zeit ist keine verlässliche Größe und die Erinnerung führt einen in die Irre.

Ein Gewitter ist aufgezogen, gerade noch schaffe ich es zum Westeingang, bevor der erste Donner kracht und der Platzregen einsetzt. Endlich Abkühlung! In meinem Zimmer reiße ich das Fenster auf, stelle mich auf den Balkon und schaue dem Wetter vom sicheren Standort aus zu. Es ist dunkel geworden (natürlich nicht so dunkel wie damals während der Sonnenfinsternis), die Blitze springen von Wolke zu Wolke oder vom Himmel zur Erde. Jemand hat mal gesagt, es sei umgekehrt - die elektrische Ladung gehe von der Erde aus nach oben. Demnach schlagen die Blitze also im Himmel ein. Wenn man genau hinsieht, haben sie keine Richtung. Sie stehen für Sekundenbruchteile in der Luft, flackernd wie ein Stroboskop. Das Licht zerhackt die Landschaft in Augenblicksbilder, Schnappschüsse von wehenden Baumkronen und Wolkenfetzen - dazwischen Erinnerungsschnipsel. Scheinbar zusammenhanglos flackern Synapsenketten durch mein Gehirn, vielleicht von der elektrischen Spannung der Luft hervorgerufen, und entladen sich vor meinem inneren Auge in ultrakurzen Filmsequenzen. Ein Schatten löst sich von einer Höhlenwand und fliegt auf mich zu (zugleich fühle ich die Wärme eines Körpers nahe bei mir). Eine Plastikplane wird vom Sturm gepackt und herumgewirbelt. Tanzende Körper in sonderbaren Posen. Ein vor Glück verzerrtes Gesicht. Eine schmale, junge Hand schiebt sich in meine Hand, während die Dunkelheit auf uns herabfällt. Eine erwachsene Hand drückt meine Hand so fest, dass es wehtut. Zwei Hände packen mich unter den Armen und ziehen mich aus dem reißenden Wasser einer überfluteten Schlucht. Zwei unerwartet kräftige Hände ziehen mich auf den Rücken eines Pferdes in vollem Lauf. Eine Mädchenhand landet im Gesicht des Jungen, der mir mein Buch weggenommen hat. Eine kleine Hand entgleitet mir, als mein Bruder in die Felsspalte stürzt.

Und dann passiert doch etwas! Am folgenden Morgen klopft es an meine Tür. Ich habe gerade gefrühstückt und liege noch im Bett, sage „herein" (staune, wie laut und bestimmt meine Stimme klingt). Die Tür geht auf, ins Zimmer kommt eine junge Frau in der weißen Tracht des Klinikpersonals, unter dem Arm eine Mappe mit Patientenakten. Ich schätze sie auf Ende zwanzig, schlank, kurzes blondes Haar, hübsches Gesicht, dazu seltsam kontrastierend ihre strenge, abweisende Miene. Vielleicht fürchtet sie, nicht ernst genommen zu werden und will ihr Gegenüber ihre Jugend und ihr hübsches Aussehen vergessen lassen? Sie tritt an mein Bett, gibt mir die Hand, ein kräftiger Händedruck. „Sie sind Frau Klara Baumgart?" Ich will schon zustimmen, da schlägt sie in ihrer Mappe nach, scheint einen Moment verwirrt, verbessert sich dann: „Ach nein, ich bitte um Entschuldigung. Sie sind natürlich Frau Karla Steinhart, guten Morgen! Ich bin die Klinikpsychologin und möchte mich kurz mit Ihnen unterhalten."
Da sie nun so sicher ist, mit Karla zu reden, habe ich nichts dagegen einzuwenden. Sie zieht einen Stuhl an mein Bett, schlägt die Beine übereinander, die aufgeschlagene Mappe auf dem Knie und den Kugelschreiber gezückt lächelt sie mich erwartungsvoll an: „Erzählen Sie mir doch ein bisschen von sich selbst!"
Ich zögere, aber nur für eine Sekunde, armes Mädchen, du tust mir leid, schließlich kannst du nichts für die Kollegin, die vor ein paar Jahrzehnten mein Vertrauen gewann und beinahe das Waldmädchen umgebracht hätte. Aber ich kann es nicht ändern, du musst dir jetzt gleich eine wirklich waschechte Klara-Baumgart-Lügengeschichte anhören (und wenn sie mich anschlie-

ßend in die Psychiatrie wegen böswilligen Simulantentums einweisen!) Ich bin jetzt für eine halbe Stunde Karla! Zum Glück kenne ich mich in ihrer Biografie und ihrer Familie so gut aus, dass ich aus dem Stegreif und überzeugend von ihrem Leben berichten kann. Es gelingt mir sogar, Karlas schnoddrigen Tonfall, ihre mit Sarkasmus gewürzte Ausdrucksweise zu treffen. Ich hoffe, du verzeihst mir, Karla, dass ich dich auf diese Weise wieder zum Leben erwecke, aber die Versuchung ist zu groß, ich kann nicht widerstehen. Genüsslich ziehe ich über meinen schlaffen Sohn und die zickige Schwiegertochter her. Die Psychologin macht sich Notizen, die sicher nicht schmeichelhaft für meinen/Karlas Charakter ausfallen. Um sie zu besänftigen, schwärme ich nun von Sarah, meinem Lieblingsenkelkind, lobe sie in den höchsten Tönen, ihre Liebenswürdigkeit, ihr künstlerisches Talent, ihre Anhänglichkeit an die Großmutter, und dass ich sie damals nach dem Tod ihrer Mutter bei mir aufgenommen habe - das wird positiv vermerkt. Nun hat die Dame genug von meiner Familie, sie lenkt das Gespräch in andere Richtung. „Sagen Sie, ihre Zimmernachbarin Frau Baumgart ist wohl vor kurzem verstorben?"
Ich bejahe, erzähle, dass wir gut befreundet waren und dass ich sie vermisse. „Sie war doch so viel jünger als ich und musste schon sterben, während ich noch hier bin." Im selben Moment wird mir klar, dass ich etwas Falsches gesagt habe! Die Altersdiskrepanz war ihr noch gar nicht aufgefallen, und nun habe ich sie unnötigerweise darauf aufmerksam gemacht. Sie wirft einen zweifelnden Blick in die Krankenakten, während ich mich bemühe, mein Gesicht in noch tiefere Falten zu legen. Aber von ihrem Alter aus gesehen bin ich wohl einfach nur alt, zwanzig Jahre hin oder her, sie schöpft anscheinend keinen Verdacht.

Ich atme auf. Sie setzt einen positiven Vermerk in die Rubrik „Kontaktfähigkeit und soziale Kompetenz." Das geht mir nun doch alles zu glatt, geradezu langweilig, wie sie auf meine Theater hereinfällt! Jetzt schaut sie mich offenherzig an, ein untrügliches Zeichen, dass sie mich aufs Glatteis führen will, etwas aus mir herauszulocken versucht: „Sie dürfen ja nun wohl bald nach Hause, freuen Sie sich schon darauf?" Ja natürlich! „Fühlen Sie sich nicht einsam, so allein in diesem großen Haus?"

Und nun sticht mich der Hafer! Verschwörerisch beuge ich mich zu ihr hinüber und flüstere, als wollte ich ihr ein gut gehütetes Geheimnis anvertrauen: „Alle denken, ich wäre allein, aber in Wirklichkeit bin ich gar nicht allein!"

„Ich weiß, Ihre Enkelin Sarah kommt Sie öfter besuchen."

„Ach was, Sarah! Nicht dass Sie mich falsch verstehen, sie ist ein liebes Mädchen, wirklich, und sie weiß, dass sie das Haus bekommen wird. Nein, ich meine jemand anderen, jemanden, der bei mir wohnt seit einiger Zeit!"

Sie schaut mich fragend an, lässt den Stift sinken, mit dem sie gerade etwas notieren wollte („notorisches Misstrauen, verdächtigt ihre Enkelin der Erbschleicherei").

„Ja, ein paar Monate, bevor ich hierher in die Klinik kam, stand plötzlich ein Mädchen bei mir im Haus. Ich hatte ein Geräusch gehört, es war Spätnachmittag, vielleicht fünf Uhr, schon fast dunkel, Anfang November. Von oben hörte ich, wie im Flur etwas zu Boden fiel, machte das Licht an und ging die Treppe hinunter - und traute meinen Augen nicht: Am Fuß der Treppe stand ein Mädchen, das seltsamste Mädchen, das mir je begegnet ist!" Ich gebe ihr eine genaue Beschreibung des Waldmädchens, so, wie es mir gegenübersaß, als ich damals auf der Lichtung erwachte, mit ihren wilden braunen Haaren, dem Stirnband, der zipfeligen Oberlippe - ich erinnere mich an jede Kleinigkeit, als wären wir uns erst gestern begegnet. So lebendig beschreibe ich sie, dass sie neben dem Bett zu stehen scheint und uns mit ihrem breiten Waldmädchen-Mund freundlich angrinst. Der Gesichtsausdruck der Psychologin spiegelt zunächst ungläubiges Erstaunen darüber, dass eine Person, die sie für normal und geistig gesund gehalten hat, sich unversehens als Irre entpuppt. Dann wechselt er zu einer Art wissenschaftlichem Interesse, verbrämt durch den Anschein, sie schenke mir Glauben. Unbeeindruckt fahre ich mit meiner Geschichte fort, und ich muss zugeben, je länger ich rede, desto besser gefällt sie mir! „Das Mädchen lächelte mich freundlich an mit seinem breiten Mund, sie war wirklich keine Schönheit, aber sie machte einen gutmütigen und harmlosen Eindruck, sodass ich keine Angst hatte, als sie da im Halbdunkel vor mir im Flur stand. ‚Wer bist du denn? Wie heißt du? Und wie bist du hier hereingekommen?' Sie gab keine Antwort, musste mich aber verstanden haben, denn sie zeigte zur Kellertür. Also war das Kellerfenster wieder nicht richtig verschlossen gewesen, wie nachlässig von mir! Im gleichen Moment bemerkte ich die nassen Fußspuren auf dem Boden und sah, dass das Mädchen klitschnass war. Draußen regnete es in Strömen, deshalb hatte sie sich ins Haus geflüchtet. ‚Komm mit, du erkältest dich ja!' Sie folgte mir nach oben ins Badezimmer, sah sich staunend um, während ich ein warmes Bad einließ, sie schien noch nie einen Wasserhahn oder einen Spiegel gesehen zu haben. Vor allem der Spiegel faszinierte sie, sie machte Grimassen und bog sich vor Lachen über ihr eigenes Aussehen. Dann versuchte ich, ihr begreiflich zu machen, dass sie ihre Kleider ausziehen und in die Wanne steigen sollte. Es dauerte eine Weile, bis sie verstanden hatte, was ich von ihr wollte - inzwischen war mir klar geworden, dass sie nicht sprechen konnte - aber dann schälte sie sich aus ihrer nassen Jeans, hängte ihre Fellweste an einem Handtuchhaken auf - sie schien ihr Lieblingsstück zu sein - und ließ sich vorsichtig ins warme Wasser gleiten. Ich suchte ein paar trockene Sachen, die ich von Sarah im Schrank hatte, legte sie ihr hin und ließ sie alleine. Sie brauchte ziemlich lange, ich richtete in der Zwischenzeit Butterbrote und kochte Tee, dann kam sie die Treppe herunter, ganz verändert in den fremden Kleidern, setzte sich zu mir an den Tisch und wir aßen zusammen unsere Brote."

Mein Gegenüber hört geduldig zu und macht sich von Zeit zu Zeit Notizen. Ich nehme an, sie notiert nicht das, was ich erzähle, sondern etwas von der Art: „Borderline-Persönlichkeitsstörung mit Tendenz zu Wahnvorstellungen - antisoziale Grundhaltung - ausufernde Phantasie in Verbindung mit einem zum Krankheitsbild gehörigen, übersteigerten Geltungsbedürfnis - notorische Lügnerin und Simulantin."

Ich kann ihr nicht helfen, sie muss jetzt die ganze Geschichte anhören, die sich in diesem Moment vor meinem inneren Auge abspielt, so deutlich, als hätte ich sie tatsächlich erlebt.
„Das Waldmädchen - so nannte ich sie - blieb bei mir, ich bezog für sie das Bett in Sarahs Zimmer (Sarah ist ihr übrigens auch ein oder zwei Mal begegnet.) Sie fühlte sich anscheinend wohl in meiner Gesellschaft, wir verstanden uns wunderbar, auch ohne Worte - kennen Sie das? Manchmal versteht man einander besser, wenn man nichts redet! Ab und zu war sie ein paar Tage lang fort, und wenn sie wieder auftauchte, brachte sie

etwas mit, einen Hasen zum Beispiel, geschlachtet und abgezogen, oder wunderbar frische Forellen, die ich für uns zubereitete. Nur einmal habe ich mich wirklich über das Waldmädchen geärgert!"

Die Psychologin scheint innerlich aufzustöhnen, aber ich kann jetzt wirklich keine Rücksicht auf sie nehmen.

„Ich kam vom Einkaufen zurück, da sah ich von draußen einen seltsam flackerndes Licht im Haus, ich dachte, vielleicht hat sie Feuer im Kamin gemacht. Ich schloss die Haustür auf, beizender Rauch schlug mir entgegen, für einen Moment glaubte ich, das Haus stünde in Flammen, aber dann sah ich das Waldmädchen in der großen Halle neben einem Feuer sitzen. Ja, sie hatte tatsächlich mitten im Raum Holz aufgeschichtet und Feuer gemacht - wenigstens hatte sie vorher die kostbaren Perserteppiche weggenommen! Und damit nicht genug, über dem Feuer briet sie einen von meinen teuren Koy-Karpfen, den sie aus dem Gartenteich gefischt hatte." Liebste Karla, bitte, höre jetzt nicht von irgendwoher zu, ich weiß, die japanischen Karpfen waren deine Lieblinge, ich versichere dir, sie sind wohlauf, Sarah kümmert sich liebevoll darum. „Ich war außer mir, die Koys sind mein Hobby, ich kenne jeden persönlich, außerdem kosten sie einen Haufen Geld. Aber da einer nun mal tot war - haben wir ihn geschwisterlich geteilt, ich wusste nicht, dass diese Viecher so gut schmecken! Ja, und dann" - sie verdreht die Augen - „dann haben wir meine alten Schallplatten aufgelegt, von Rock'n Roll bis Heavy Metal, und tanzten wie die Wilden ums Feuer herum - so weit es meine alten Knochen eben zuließen. Zum Glück hat uns niemand gesehen, aber ich sage Ihnen, es war ein toller Abend, so viel Spaß hatte ich noch nie!"

Jetzt ist aber wirklich genug! Ich lege mich zufrieden in die Kissen zurück, verschränke die Arme hinter dem

Kopf und schenke der Psychologin mein allerschönstes Waldmädchen-Lächeln. Das arme Kind sieht erschöpft aus. Sie klappt ihre Mappe zu, erhebt sich mühsam von ihrem Stuhl, gibt mir die Hand - sie fühlt sich feucht und schlaff an, mein Händedruck dagegen ist warm und fest. „Vielen Dank, Frau Steinhart, dass Sie sich so viel Zeit genommen haben. Ich wünsche Ihnen einen schönen Tag." Sie wankt hinaus.

Heute bin ich früh aufgestanden. Meine Tasche ist schnell gepackt. Danach mache ich meinen letzten Spaziergang durch den Park. Die Wiesen sind noch feucht vom vorgestrigen Gewitter, Dampf steht in der Luft, es duftet nach Jasmin und Lindenblüten. Ich umrunde den Südflügel. Die Sonne brennt heiß, die Markisen über den Balkonen sind heruntergelassen und flattern im Wind. Die Klinik ist ein geflügelter Drache, der sich in die Lüfte erhebt, ein Segelschiff in voller Fahrt, unterwegs zur Amazonasmündung, wo sich das schwarze Meerwasser mit dem braune- Wasser der Stromes mischt, an der Grenze zum Schattenreich. Dort oben im dritten Stock, hinter dem letzten Fenster, dessen Jalousie zugezogen ist, um den Sonnenschein abzuhalten, liegt Marie. Ich schlage den Weg zum See ein. Ein Segelfalter flattert vor meinen Füßen zwischen den blühenden Gräsern. Seit das Klima wärmer wird, ist diese Gattung aus dem Süden in unsere Breiten hinaufgewandert. Er taumelt wie betrunken, dann beschreibt er erstaunlich schnell und präzise ein paar Zickzacklinien und ist verschwunden.

Sie entlassen mich aus der Klinik. Amanda hat es mir gestern gesagt, kurz nach dem Besuch der Psychologin. Anscheinend wurde die Geschichte, die ich ihr erzählt habe, als Beweis meiner geistigen Zurechnungsfähigkeit gewertet. So lange man nicht an das glaubt, was man erzählt, gilt man als normal, und jemanden auf den Arm zu nehmen ist anscheinend ein Zeichen sozialer Kompetenz, wenn auch nicht unbedingt von der freundlichen Art.

Jetzt stehe ich hier in meinem Zimmer, das mir fremd geworden ist, und sehe mich um. Auf dem Stuhl neben der Tür wartet meine Reisetasche. In zwei Stunden wird Charlotte mich abholen. Wir fahren zuerst zu ihr, sie bäckt extra meinen Lieblingskuchen! Wir werden auf der Terrasse sitzen, Kaffee trinken, den Kindern zuschauen, wie sie mit dem Hund auf dem Rasen Ball spielen - dann wird sie mich nach Hause bringen, in meine Wohnung. Sie hat für mich eingekauft, geputzt, meine Wäsche gewaschen, mein Bett frisch bezogen, und sie hat so ein Piep-Gerät für mich angeschafft. Das soll ich immer mit mir herumtragen, wenn ich allein zuhause bin. Mit einem Knopfdruck kann ich direkt den Notarzt rufen, wenn mir schlecht wird oder ich hinfalle und nicht mehr aufstehen kann. Das soll mich beruhigen, aber vor allem beruhigt es meine Tochter. Ich gehe hinaus auf den Balkon, setze mich unter die Markise, rieche die Heckenrosen.

Amanda kommt herein, sie bringt mir zum letzten Mal das Mittagessen. „Zum Abschied besonders gut, Königinpastete mit Buttererbsen!" Sie stellt das Tablett vor mich auf den Tisch, dann stemmt sie die Fäuste in die nicht vorhandene Taille und schaut mich an. „Sie freuen sich schon auf zuhause? Tochter besuchen, mit Enkeln spielen, wieder frei sein, rausgehen können, ohne jemand zu fragen?"

Ganz die alte Amanda, ich werde sie vermissen! Wir werden einander wohl nicht wieder sehen, außerhalb der Klinik sind wir füreinander Fremde. „Ja, Amanda, ich freue mich. Machen Sie's gut." Sie geht zur Tür, dann bleibt sie noch einmal stehen und sieht zu mir her. „Schön dass wir uns begegnet sind!"

Hungrig wie lange nicht mache mich übers Mittagessen her, das heißt, zuerst betrachtet ich eine Weile das kleine, zylindrische Gebilde aus Blätterteig auf meinem Teller, bevor ich die Haube abhebe und in den Mund stecke, wo sie sanft und weich auf meiner Zunge zerbröselt. Das Ragout im Innern der Pastete schmeckt genau so, wie Mutter es immer zubereitet hat, wenn ich krank war. Dann kam sie mit dem Tablett hinauf in mein Zimmer, schüttelte mein Kopfkissen, während ich mich aufsetzte, und hielt es hinter meinen Rücken, damit ich mich anlehnen konnte. Sie zog die Daunendecke bis zu meiner Brust und klemmte sie mir unter die Achseln, so hatte ich es auch beim Essen warm. War dieses Ritual zu ihrer Zufriedenheit ausgeführt, legte sie das Tablett mit dem bis zum Rand gefüllten Teller auf meine Oberschenkel. „Du darfst deine Beine nicht bewegen, sonst landet die ganze Bescherung auf der Bettdecke!", ermahnte sie mich, während sie mir den Löffel in die Hand drückte. Das war der Höhepunkt der Krankheit! Ich fühlte mich fiebrig und wie im Taumel, aber das warme, weiche, sahnige Ragout floss so heilsam in meine, vom Husten raue und wunde Kehle, dass mir gleich wohler wurde. Plötzlich wusste ich, dass ich wieder gesund werden würde, aber zugleich wäre ich am liebsten für immer krank gewesen, um jeden Tag von meiner Mutter dieses Essen zu bekommen mit der Ermahnung: „Du darfst deine Beine nicht bewegen!" Viel zu schnell ist der Teller leer, ich habe noch Zeit, bis Charlotte kommt -

- ich habe noch Zeit, ein bisschen Zeit. Das Fenster, ich muss die ganze Zeit an das Fenster denken, die Jalousie davor, um das Sonnenlicht abzuwehren - das Fenster, hinter dem Marie liegt. Wir haben damals auch die Jalousien heruntergezogen, obwohl es nicht nötig gewesen wäre, denn wir spielten das Spiel mit verbundenen Augen.

Wenn wir uns nicht in unserer Nomadenhütte unter der Brücke aufhielten - vielleicht, weil es regnete oder wir aus irgendeinem Grund keine Lust dazu hatten - verbrachten wir die Nachmittage bei Marie. Ihre Eltern besaßen ein großes Haus, das wir für uns hatten, denn sie waren beide berufstätig. Auch die Intervention eines kleinen Bruders hatten wir nicht zu befürchten, Marie war das einzige Kind. An diesen Nachmittagen spielten wir immer das gleiche Spiel. Marie hatte es erfunden. Es erforderte weit reichende Umgestaltungen des Hauses, das wir dann kurz vor der Heimkehr der Eltern in Windeseile wieder in den ursprünglichen Zustand zurückversetzten. Wir nannten unser Spiel „Labyrinth", und sein Ziel war, dass wir uns verirrten. Nun war es nicht einfach, jemandem in einem Haus, in dem er jede Ecke kennt, das Gefühl zu vermitteln, er hätte sich verirrt. Marie gelang es zwar fast jedes Mal, mir dieses Gefühl zu vermitteln, denn mein ohnehin wenig ausgeprägter Orientierungssinn ließ sich leicht von ein paar quer gestellten Möbelstücken und aufgeschichteten Kissen überlisten, aber sie war nahezu resistent gegen meine Versuche. Ich gab mein Bestes, um einen absolut sicheren Irrweg durch das Haus anzulegen, während sie in ihrem Zimmer Hausaufgaben erledigte und wartete, bis ich endlich fertig war. Kissen und Decken mussten herbeigeschafft, Schränke und Tische verschoben, Stühle aneinander gereiht oder übereinander gestapelt werden. Dann verband ich Marie die Augen, führte sie an den Ausgangspunkt des Labyrinths und beobachtete im Halbdunkel, wie sie sich an den Hindernissen entlang tastete. Ich konnte sehen, dass sie noch wusste, wo sie sich befand, erkannte es an der Art, wie sie sich bewegte, wie sie den Kopf schräg hielt, um Geräusche zu orten. Am Zielpunkt behauptete sie jedes Mal, sie hätte sich nicht mehr zurechtgefunden, damit ich nicht enttäuscht war, aber ich wusste es besser. Wenn es mir aber einmal glückte - auch das konnte ich sehen: Wenn sie der kleine Schwindel erfasste, den ich so gut kannte, die kurze heiße Panik bei dem vergeblichen Versuch, dem Fenster zum Garten, dem Garten dahinter, der Straße, den Nachbarhäusern und allem Übrigen einen festen Platz im Universum zu geben - hatte ich das Spiel gewonnen!

Bist du deshalb vom Amazonas bis zum Südpol gefahren, um dich noch einmal so zu verirren wie damals in deinem Elternhaus?

Ich stehe auf, stelle das Tablett mit dem schmutzigen Geschirr auf den Tisch neben meinem Bett - mein Bett, das nun nichts mehr mit mir zu tun hat und mich bald vergessen wird, dieses hässliche, hochbeinige Krankenhausbett. Das gleiche wie das, in dem du liegst - aus weiß lackierten Metallrohren mit Hebeln zum Feststellen der gummibereiften Räder und einer Zahnradmechanik zum Verändern des Liegewinkels. Das Bett, in dem ich viele Tage und Nächte verbracht habe, wie viele weiß ich nicht mehr. Ich öffne die Zimmertür, draußen auf dem Flur ist niemand zu sehen, Mittagspause. Aus dem Schwesternzimmer tönt Amandas Stimme, sie erzählt etwas, lacht, Geschirr klappert.
Habe ich dir je erzählt, Marie, dass ich fliegen kann? Ein unbeschreibliches Gefühl! Der Boden entfernte sich unter den Füßen, Bäume und Häuser weichen zurück,

als ob sich die Erdoberfläche zusammenkrümmt. Bald ist alles dort unten winzig klein, zu klein, um noch eine Rolle zu spielen. Wir fliegen an der Autobahnbrücke vorbei und sehen nach, ob noch ein paar Bretter von unserer Hütte dort herumliegen. Schau, da steht der Kühlschrank und rostet vor sich hin. Später landen wir auf dem Gipfel der großen Fichte und lassen uns vom Wind schaukeln. Siehst du die Bussarde? Ich kann ihren Ruf nachahmen, sie werden sich von mir täuschen lassen und nahe herankommen. Auf der Lichtung am Fuß des Baumes wachsen wilde Himbeeren. Dort unten wartet das Waldmädchen auf uns, kannst du es sehen? Es winkt uns zu.

Leise ziehe ich die Tür meines Zimmers hinter mir ins Schloss und mache mich auf den Weg zum Südflügel.

Weitere Romane der Autorin:

MEERLEUCHTEN
Seit dem Tod ihres Mannes lebt Maria allein in ihrer kleinen Wohnung. Mit ihrem Sohn versteht sie sich nicht besonders gut. Eines Tages erwacht sie in einer psychiatrischen Klinik. Wie sie dort gelandet ist weiß sie nicht, aber eines weiß sie ganz sicher: sie will weg! Zwei Tage dauert ihre abenteuerliche Flucht. Ihr Sohn macht sich auf den Weg zu ihr. Für beide wird es eine Reise in die Vergangenheit.

DER GOLDSCHMIED
Die Galeristin Renée Weiß verbringt ihren Geburtstag in Paris. In einem Trödelladen entdeckt sie einen goldenen Armreif und macht ihn sich selbst zum Geburtstagsgeschenk. Sie erfährt, dass es sich um eine Arbeit des berühmten Goldschmieds Johann Lux handelt, der im Jahr 1989 spurlos verschwand. Renée beschließt, dem Geheimnis des genialen Goldschmieds nachzugehen.

STADTRANDPHILOSOPHEN
Ein seltsamer Professor, die Geschwister Niki und Dora, der obdachlose Joker mit seinem Hund und die kleine Mignon, die kein Wort spricht - sie treffen sich jeden Mittwoch zu Gesprächen über Existenz, Kino, Unsterblichkeit und den ganzen Rest bei Lena, die vor kurzem unsanft aus ihrem gewohnten Leben geworfen wurde. Was Lena noch nicht weiß: sie ist Teil eines Weltrettungsplanes, in dessen Zentrum ein verschollenes philosophisches Buch steht.

MEINE JO!

Als Jo nach den Sommerferien neu in die Klasse kommt, steht für Sophie fest: sie will ihre Freundin sein. Und dann, kurz vor dem Abitur, stirbt Jo bei einem Autounfall. Bis heute kann Sophie nicht glauben, dass ihre Freundin am Steuer saß. Die Einladung ihrer alten Schule zur fünfundzwanzigjährigen Abiturfeier will sie zuerst wegwerfen, aber dann entschließt sie sich doch zu einer Reise in die Vergangenheit. Es ist ihre letzte Chance zu erfahren, was in jener Nacht geschah.

HERBSTEN

Wir tauschen Business gegen Burgunder! Mit diesem Satz verabschiedeten sich die Schmuck-Designer Sabine Brandenburg-Frank und Egon Frank im Jahr 2003 von ihren Kunden und zogen nach Südbaden. Damals dachten sie eher daran, ab und zu eine schöne Flasche Burgunder zu trinken als selbst Wein zu machen. Aber mitten im Weinland, von Reben umgeben, reifte der Wunsch nach einem eigenen Weinberg. Sie pachteten 12 Ar Spätburgunder und machten sich an die Arbeit, nicht ahnend, wie sehr dieser Entschluss ihr Leben verändern würde.